FF
FIGHTING FANTASY

Os livros-jogos da série Fighting Fantasy:

1. O Feiticeiro da Montanha de Fogo
2. A Cidadela do Caos
3. A Masmorra da Morte
4. Criatura Selvagem
5. A Cidade dos Ladrões
6. A Cripta do Feiticeiro
7. A Mansão do Inferno
8. A Floresta da Destruição
9. As Cavernas da Bruxa da Neve
10. Desafio dos Campeões
11. Exércitos da Morte
12. Retorno à Montanha de Fogo
13. A Ilha do Rei Lagarto
14. Encontro Marcado com o M.E.D.O.
15. A Nave Espacial *Traveller*
16. A Espada do Samurai
17. Guerreiro das Estradas
18. O Templo do Terror
19. Sangue de Zumbis
20. Ossos Sangrentos
21. Uivo do Lobisomem
22. O Porto do Perigo
23. O Talismã da Morte
24. A Lenda de Zagor
25. A Cripta do Vampiro
26. Algoz das Tempestades
27. Noite do Necromante
28. Assassinos de Allansia
29. Segredos de Salamonis
30. Sombra de Gigantes
31. Magia! Vol.1: As Montanhas Shamutanti
32. Magia! Vol. 2: Kharé: Porto dos Ardis
33. Magia! Vol. 3: As Sete Serpentes

Próximo lançamento:

34. Magia! Vol. 4: A Coroa dos Reis

STEVE JACKSON

VOLUME 3

MAGIA!

AS SETE SERPENTES

Ilustrado por JOHN BLANCHE

Traduzido por JOÃO LUCAS FRAGA

JAMBÔ

Site oficial da série Fighting Fantasy: www.fightingfantasy.com

CRÉDITOS DA EDIÇÃO BRASILEIRA

Título Original: The Seven Serpents

Tradução: João Lucas Fraga

Edição: Victória Cernicchiaro

Revisão: Camila Villalba

Diagramação: Victória Cernicchiaro

Arte da Capa: Rafael Pen

Auxiliar de Produção: Laura Reginin

Editora-Chefe: Karen Soarele

Diretor-Geral: Guilherme Dei Svaldi

Rua Coronel Genuíno, 209 • Porto Alegre, RS
CEP 90010-350 • contato@jamboeditora.com.br
www.jamboeditora.com.br

1ª edição: abril de 2025 | ISBN: 978658337585-8

Dados Internacionais de Catalogação na Publicação

J12s Jackson, Steve
As sete serpentes/Steve Jackson; ilustrações de John Blanche; tradução de João Lucas Fraga. — Porto Alegre: Jambô, 2025.
288 p. il.

1. Literatura infantojuvenil. I. Fraga, João Lucas II. Blanche, John. III. Título.

CDU 794.021(0:82-311.3)

SUMÁRIO

MAGIA!

AS SETE SERPENTES

As Sete Serpentes é a terceira aventura da série *Magia!*, após As *Montanhas Shamutanti* e *Kharé: Porto dos Ardis*. Esta série foi planejada para que cada aventura possa ser jogada de maneira independente, quer os leitores tenham atravessado as anteriores ou não.

Porém, se você for novo na série *Magia!*, pode começar sua aventura do início: *Magia! Vol. 1: As Montanhas Shamutanti* está disponível no site da Jambô Editora.

As Sete Serpentes, no entanto, é uma aventura completa nas Baklands, um território sem lei entre o Porto dos Ardis e a Fortaleza Mampang. Lá, você deve procurar e derrotar as Sete Serpentes, as mensageiras do próprio Arquimago de Mampang, e que levarão notícias sobre sua missão de volta a ele. Porém, acima de tudo, você deve sobreviver!

Novos jogadores encontrarão todas as informações de que precisarem, junto a uma ficha de aventura e regras no início deste livro e o *Grimório* no final. Leitores que agora estiverem na terceira etapa de sua jornada poderão pular a seção de regras e ir direto para a aventura — seus personagens, equipamento e experiência devem ser transferidos da aventura anterior.

Jogo simples e jogo avançado

Pode ser melhor para iniciantes começarem com um jogo simples, ignorando o uso de magia. Regras para enfrentar criaturas com espadas e outras armas são fornecidas em cada livro desta série e utilizam um sistema de combate parecido com o utilizado em *O Feiticeiro da Montanha de Fogo*, o livro-jogo original da série *Fighting Fantasy*. Rolando dados, você enfrenta criaturas apenas com armas.

Jogadores mais experientes podem querer progredir de maneira rápida para o jogo avançado, no qual sua capacidade de luta é um pouco limitada, mas sua melhor arma será seu conhecimento de magia, uma ferramenta muito mais poderosa. Na verdade, o jogo avançado é razoavelmente simples de se aprender. Não há motivo para iniciantes não começarem com o uso de magia desde o início. Porém, aprender as magias leva algum tempo e prática com o *Grimório*, e a opção "simples" é dada para jogadores que quiserem começar a aventura o mais rápido possível.

REGRAS

As Sete Serpentes é uma aventura de fantasia em que você é o herói. Mas, antes de começar, você deve primeiro construir o perfil de seu personagem.

Anote esses valores na *ficha de aventura* das páginas 18 e 19. Esses valores mudarão de aventura para aventura; por isso, imprima cópias da ficha ou escreva nela a lápis. A ficha está disponível em www.jamboeditora.com.br

Determinando Habilidade, Energia e Sorte

Para determinar seus valores *iniciais* de HABILIDADE, ENERGIA e SORTE:

- Role um dado. Se estiver jogando como um guerreiro (o jogo simples), some 6 a esse número e coloque o total no espaço de HABILIDADE em sua *ficha de aventura*. Se estiver jogando como um mago (o jogo avançado), some só 4 a esse número e coloque o total no espaço de HABILIDADE. Magos não lutam tão bem quanto guerreiros, mas seus feitiços mais do que compensam por isso.
- Role dois dados. Some 12 ao resultado e anote o total no espaço de ENERGIA.
- Role um dado, some 6 a esse número e anote o total no espaço de SORTE.

Por motivos que serão explicados abaixo, as pontuações de HABILIDADE, ENERGIA e SORTE mudam de forma constante durante uma aventura. Você deve manter um registro preciso desses valores e, por isso, recomenda-se que você escreva com letras pequenas nos espaços ou mantenha uma borracha por perto. Mas nunca apague suas pontuações *iniciais*. Embora você possa receber pontos adicionais de Habilidade, Energia e Sorte, esses totais nunca podem ultrapassar suas pontuações *iniciais*, a não ser em ocasiões muito raras, nas quais isso lhe será instruído em uma referência em particular.

Seu valor de Habilidade reflete seus talentos como espadachim e, no geral, sua capacidade de luta; quanto maior, melhor. Seu valor de Energia reflete sua constituição geral, sua disposição a sobreviver, sua determinação e se você está ou não em forma; quanto maior seu valor de Energia, mais tempo você conseguirá sobreviver. Seu valor de Sorte indica o quanto você é naturalmente *sortudo*. Sorte — e magia — são forças reais no mundo de fantasia que você está prestes a explorar.

Batalhas

Você frequentemente irá chegar a páginas no livro que lhe instruirão que enfrente uma criatura de algum tipo. Uma opção de fugir pode ser dada, mas, se não for — ou se você optar por atacar a criatura de qualquer forma —, você deve resolver a batalha como descrito abaixo.

Primeiro, anote os valores de Habilidade e Energia da criatura (como apresentados nas páginas em que você estiver) em uma *caixa de encontro com monstros* da sua *ficha de aventura*. A sequência do combate é:

1. Role dois dados para a criatura. Some a Habilidade dela. Este total é a *força de ataque* da criatura.
2. Role dois dados para si mesmo. Some a sua Habilidade atual. Este total é a sua *força de ataque*.

3. Quem tem a *força de ataque* maior? Se for você, então feriu a criatura. Se for a criatura, então ela o feriu (se for um empate, ambos erraram — comece a próxima rodada de combate a partir do passo 1, acima).
4. Se tiver ferido a criatura, diminua 2 pontos da ENERGIA dela. Você pode usar a SORTE para aumentar o dano (veja **Usando a Sorte em batalhas**, a seguir).
5. Se a criatura tiver ferido você, diminua 2 pontos da sua ENERGIA. Você pode usar a SORTE para diminuir o dano (veja **Usando a Sorte em batalhas**, a seguir).
6. Faça as mudanças necessárias na ENERGIA da criatura ou na sua própria (e na sua SORTE, caso a tenha usado) e comece a próxima rodada de combate (repita os passos 1 a 6).
7. O combate continua até que o valor de ENERGIA de um de vocês seja reduzido a zero (morte).

Enfrentando mais de um oponente

Se você tiver uma batalha com mais de uma criatura em um único encontro, as instruções nessa página lhe dirão como lidar com a batalha. Às vezes, você irá tratá-las como um só monstro; outras vezes, terá de lutar com uma de cada vez.

Sorte

Algumas vezes você terá de *testar sua sorte*. Em vários momentos durante sua aventura, você pode se valer de sua SORTE para tornar o resultado mais favorável. Mas tome cuidado! Usar sua SORTE é arriscado e, se você for *azarado*, os resultados podem ser desastrosos.

Para *testar a sorte*, siga as instruções abaixo.

Role dois dados. Se o número rolado for menor ou igual à sua SORTE atual, você foi *sortudo* e o resultado lhe será favorável. Se o número rolado for maior do que seu valor de SORTE atual, você foi *azarado* e será penalizado.

Cada vez que *testar sua sorte*, você deve diminuir 1 ponto de seu valor atual de SORTE. Assim, quanto mais você depender da SORTE, mais arriscado isso irá se tornar.

Usando a Sorte em batalhas

Em batalhas, você sempre tem a opção de usar sua SORTE, seja para infligir um ferimento mais sério em uma criatura que tenha acabado de ferir ou para minimizar os efeitos de um ferimento que a criatura tenha acabado de lhe infligir.

Se tiver acabado de ferir a criatura: você pode *testar a sorte* para aumentar o ferimento. Se for *sortudo*, você infligiu um ferimento sério e pode subtrair 2 pontos a mais do valor de ENERGIA da criatura. Porém, se for *azarado*, o ferimento só terá pegado de raspão e você deverá restaurar 1 ponto à ENERGIA da criatura (ou seja, em vez de causar os 2 pontos de dano normais, terá causado apenas 1).

Se a criatura tiver acabado de feri-lo: você pode *testar a sorte* para diminuir o ferimento. Se for *sortudo*, terá conseguido reduzir o impacto do golpe. Restaure 1 ponto de ENERGIA (ou seja, em vez de ter sofrido 2 pontos de dano, terá sofrido apenas 1). Se for *azarado*, você sofreu um golpe mais sério. Subtraia 1 ponto a mais de ENERGIA.

Não esqueça de diminuir 1 ponto do seu valor de SORTE cada vez que *testar sua sorte*.

Recuperando Habilidade, Energia e Sorte

Habilidade

Seu valor de HABILIDADE não mudará muito durante sua aventura. De vez em quando, você receberá instruções para aumentar ou diminuir seu valor de HABILIDADE. Uma arma mágica pode aumentar sua HABILIDADE, mas lembre-se de que somente uma pode ser usada por vez! Você não pode receber dois bônus de HABILIDADE por carregar duas espadas mágicas. Seu valor de HABILIDADE nunca pode ultrapassar seu valor *inicial,* a menos que isso seja especificamente instruído.

Energia

O seu valor de ENERGIA vai mudar muito durante sua aventura, pois você enfrentará monstros e lidará com tarefas árduas. Conforme você se aproxima de seu objetivo, seu nível de ENERGIA pode ficar perigosamente baixo e as batalhas irão se tornar muito arriscadas, então tome cuidado!

Se *As Sete Serpentes* é sua primeira aventura, você começa com provisões o suficiente para 2 refeições. Se tiver jogado os volumes anteriores da série, a quantidade de provisões que você carrega é a mesma do livro anterior. Você pode descansar e comer somente quando as instruções permitem, e só pode comer 1 refeição por vez. Quando comer 1 refeição, some pontos ao seu valor de ENERGIA conforme instruído. Lembre-se de que tem um longo caminho a trilhar, então gerencie com cuidado suas provisões!

Não esqueça também de que sua ENERGIA nunca pode ultrapassar seu valor *inicial* a menos que isso seja especificamente instruído.

Sorte

Você vai receber bônus no seu valor de SORTE quando for especialmente *sortudo*. Os detalhes são dados na página sempre que isso ocorre. Lembre-se de que, assim como acontece com HABILIDADE e ENERGIA, seu valor de SORTE nunca pode ultrapassar seu valor *inicial* a menos que isso seja especificamente instruído.

Os valores de HABILIDADE, ENERGIA e SORTE podem ser restaurados até seus valores *iniciais* chamando por sua deusa (veja mais à frente).

Equipamento e Poções

Você começa sua aventura com as necessidades básicas da vida. Tem uma espada, que é sua arma, e uma mochila para armazenar seu equipamento, tesouros, artefatos e provisões. Você não pode levar seu *Grimório* consigo, já que os feiticeiros de Analand não podem arriscar que ele caia nas mãos erradas em Kakhabad e, portanto, não pode olhar neste livro em momento nenhum após ter começado sua jornada.

Se você não jogou nenhuma das aventuras anteriores, você começa com uma bolsa em sua cintura que contém 20 peças de ouro, a moeda universal para todas as terras conhecidas. Você vai precisar de dinheiro para comida, abrigo, compras e subornos ao longo de sua aventura e 20 peças de ouro não o levarão muito longe. Será necessário coletar mais ouro no caminho.

Você também está carregando provisões (comida e bebida) suficientes para apenas 2 refeições. Você descobrirá que a comida é um recurso importante e terá de ser cuidadoso sobre como o utiliza. Não desperdice comida; você não pode se dar ao luxo de ficar sem provisões.

Dado Alternativo

Ao pé de cada página, você vai encontrar rolagens aleatórias de dados. Caso você não tenha um par de dados à mão, pode folhear as páginas do livro rapidamente e parar em uma página qualquer; isso vai lhe fornecer uma rolagem de dados aleatória. Se precisar "rolar" apenas um dado, leia apenas o primeiro dado; se precisar rolar dois, use o total dos dois dados.

MAGOS: COMO USAR A MAGIA

Se tiver escolhido ser um mago, você terá a opção, durante a aventura, de utilizar feitiços mágicos. Todas as magias conhecidas pelos feiticeiros de Analand estão listadas no final deste livro, e você precisará estudá-las antes de partir em sua aventura.

Todas as magias são codificadas com três letras e você deve aprendê-las e praticá-las até ser capaz de identificar um número razoável delas a partir de seus códigos. Lançar uma magia drena sua ENERGIA e cada uma tem um custo, em pontos de ENERGIA, para seu uso. As magias básicas recomendadas lhe permitirão começar rapidamente, mas são pouco econômicas; um mago experiente as utilizará só se as outras opções forem magias desconhecidas ou se não tiver encontrado o artefato necessário para uma magia menos custosa.

As regras completas para o uso de magia são dadas no final deste livro.

Não se esqueça! Você não pode olhar o *Grimório* após ter começado sua aventura.

LIBRA — A DEUSA DA JUSTIÇA

Durante sua aventura, sua própria deusa, Libra, zelará por você. Se as coisas ficarem difíceis, você pode chamar por seu auxílio. *Porém, ela só vai ajudá-lo uma vez em cada aventura.* Quando você tiver invocado sua ajuda nas Baklands, ela não escutará seus pedidos novamente até que você chegue à Fortaleza Mampang.

Ela pode ajudar você de três maneiras:

Revitalização: você pode invocá-la a qualquer momento para restaurar suas pontuações de HABILIDADE, ENERGIA e SORTE aos seus valores *iniciais*. Isso não é dado como uma opção no texto; você pode fazer isso se e quando quiser, mas só uma vez por aventura.

Fuga: por vezes, quando você estiver em perigo, o texto lhe oferecerá a opção de invocar Libra para ajudá-lo.

Remoção de maldições e doenças: ela irá remover quaisquer maldições ou doenças que você possa contrair durante sua aventura. Isso não é dado como uma opção no texto; você pode fazer isso se e quando quiser, mas só uma vez por aventura.

Ficha de Aventura

Habilidade *Inicial:*	Energia *Inicial:*	Sorte *Inicial:*

Ouro e Tesouros	Provisões

Equipamento e Artefatos	Bônus, penalidades, maldições...
	Pistas e notas

Caixas de Encontros com Monstros

Habilidade: *Energia:*	*Habilidade:* *Energia:*	*Habilidade:* *Energia:*
Habilidade: *Energia:*	*Habilidade:* *Energia:*	*Habilidade:* *Energia:*
Habilidade: *Energia:*	*Habilidade:* *Energia:*	*Habilidade:* *Energia:*
Habilidade: *Energia:*	*Habilidade:* *Energia:*	*Habilidade:* *Energia:*

MA
MAURISTATIA
(Os picos nebulosos)
RIO LUMLÉ
RIO CHALMOE
LAGO LUMLÉ
AS BAKLANDS
ESTEPES
KLATTA-BAK
KHARÉ
PLANÍCIES
BADDU-BAK
RIO KROOE
TORREPANI
MONTANHAS SHAMUTANTI
BIRRITANTI
DHUMPUS
CANTOPANI
RIO JABAJI
AGRESTES DE VAN
PORTÃO
CANTOPANI
POVOADO DO
POSTO AVANÇADO
PASSAGEM DO NORTE
ANALAND
DADDU-YADU
(As cavernas coaxantes)
COST
DADDU-LEY
(As cavernas de cobre)
MAR DE KAKHABAD
FLORESTA
CHAWBERRY
A TERRA D

IA!
PICOS ZANZUNU
RIO TINPANG
RIO VISCHLAMI
ILKLALA
GO ILKLALA
PANTANO DE VISCHLAMI
FORTALEZA MAMPANG
ALTO XAMEN
BAIXO XAMEN
STA DOS SNATTA
RIO KHARARAK
FLORESTA DE AVANTI
RIO NAGOMANTI
AKHABAD
FIGHTING FANTASY

INTRODUÇÃO

Séculos atrás, na era que agora chamamos de Idade das Trevas, regiões inteiras do mundo ainda não haviam sido descobertas. Havia bolsões de civilização, cada qual com suas próprias raças e culturas. Uma dessas regiões era Kakhabad, uma tenebrosa terra no fim do mundo.

Embora vários senhores da guerra tentassem, Kakhabad nunca foi dominada. Todo tipo de criatura maligna que era afastada das terras mais civilizadas para além dos Picos Zanzunu havia gradualmente rastejado até Kakhabad, que ficou conhecida como o Fosso de Vermes no Fim da Terra.

A civilização e a ordem haviam se espalhado pelo resto do mundo conhecido desde a descoberta da Coroa dos Reis por parte de Chalanna, o Reformador, de Femphrey. Com ajuda do artefato, Chalanna se tornou governante do maior império do leste do mundo. Essa coroa mágica tinha poderes misteriosos, concedendo qualidades sobrenaturais de liderança e justiça ao seu dono. Porém, as ambições de Chalanna não eram de conquista; ele desejava estabelecer nações pacíficas e alinhadas com Femphrey. Assim, em sua sabedoria, ele passou a fabulosa Coroa dos Reis de governante para governante nos reinos vizinhos e, com a ajuda de seus poderes mágicos, uma a uma essas nações se tornaram pacíficas e prósperas.

O caminho estava definido. Cada governante possuiria a Coroa dos Reis por um período de quatro anos, no qual estabeleceria ordem em seu reino e se juntaria à crescente Aliança Femphrey. Até então, os reinos de Ruddlestone, Lendleland, Gallantaria e Brice haviam, um por vez, sido governados sob os auspícios da Coroa.

Os benefícios eram imediatos. Guerra e penúria quase não existiam mais.

O rei de Analand recebeu devidamente a Coroa dos Reis em meio a muita pompa e cerimônia e, daquele dia em diante, o desenvolvimento de Analand estava assegurado. Ninguém sabia como a Coroa dos Reis tinha tamanho efeito de melhora sobre uma nação inteira. Alguns diziam que era inspiração divina; outros diziam que seu poder estava apenas na mente. Porém, uma coisa era certa: seus efeitos eram inquestionáveis. Tudo estava bem em Analand, até a noite da Lua Negra.

O rei foi o primeiro a descobrir que a Coroa tinha desaparecido, carregada noite adentro pelos homens-pássaro de Xamen; a Coroa estava a caminho de Mampang, nos territórios sem lei de Kakhabad. Vieram notícias das Baklands de que a Coroa estava sendo carregada para o Arquimago de Mampang, cujas ambições eram tornar Kakhabad seu reino.

Embora Kakhabad fosse uma terra perigosa, ela por si só não era muito ameaçadora para os reinos próximos. A falta de um governo significava que o lugar não tinha exército e seus próprios conflitos internos mantinham a área permanentemente ocupada. Porém, com a Coroa dos Reis para estabelecer um governo, Kakhabad poderia ser um inimigo mortal em potencial para todos os membros da Aliança Femphrey.

Tamanha foi a vergonha que recaiu sobre Analand pela perda da Coroa que todos os benefícios de dois anos sob seu governo logo sumiram. A lei, a ordem e a moral estavam entrando em colapso. O rei perdia a confiança de seus súditos. Territórios próximos olhavam, com suspeita, por sobre suas fronteiras. Havia até boatos de invasões.

Uma esperança permanecia. Alguém — pois uma força militar nunca sobreviveria à jornada — deve viajar a Mampang e resgatar a Coroa dos Reis. Somente com seu retorno seguro essa terrível maldição será removida de Analand. Você se ofereceu como voluntário para esta missão, e o desafio é claro: é preciso que cruze Kakhabad até a Fortaleza Mampang e encontre a Coroa!

Agora, vire a página.

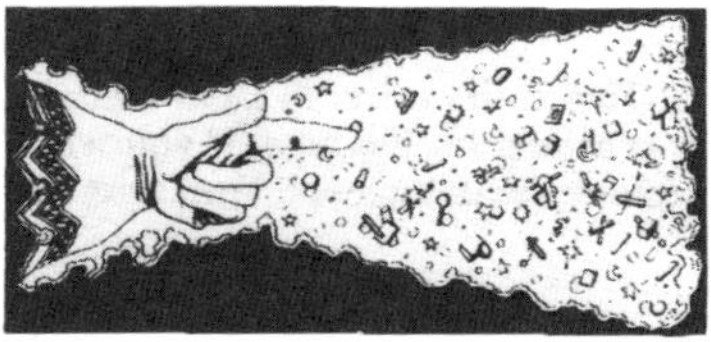

I

As nuvens negras cortam o céu no começo de sua jornada pelas Baklands. Esta etapa de sua viagem vai ser a mais desafiadora até agora.

Os cartógrafos de Analand não conhecem as planícies de Baddu-Bak. As Baklands com certeza não são civilizadas, mas são habitadas por tribos nômades e criaturas solitárias. Você vai encontrar poucos amigos por aqui.

No entanto, ainda assim, precisa seguir viagem. O ruído de seus passos na trilha irregular interrompe o silêncio perturbador que paira no ar. Fora a grande muralha da cidade portuária às suas costas, a paisagem não tem nada, nem vegetação, nem criaturas e nem qualquer estrutura que pontue o horizonte. Uma hora depois, esses ermos vazios ainda não mudaram, mas, à distância e atrás de você, ruídos fracos de pássaros podem ser ouvidos. O barulho fica mais alto, fazendo-o parar. Eles estão chegando cada vez mais perto.

Um pensamento repentino o paralisa. Homens pássaro xamen? Certamente não, estão longe de suas terras. Corvos? Não, o grasnado dos corvos não é tão agudo quanto esses gritos. Então o que deve ser? Você se volta para ver seus perseguidores.

Do nada uma forma escura cai do céu! Você se esquiva bem a tempo de evitar as garras abertas e afiadas do pás-

saro que ataca mirando em seu pescoço! Então se prepara e pega sua arma. O pássaro passou voando por você e voltou ao seu bando. Quatro falcões-noturnos agora o circundam, prontos para atacar.

Como vai lidar com essas criaturas? Vai sacar sua arma (vá para **258**) ou usar sua magia (vá para **178**)?

2

Os centauros galopam para nordeste. Pouco depois, o líder para e aponta para um grupo de carroças e vagões cobertos, em um círculo, à distância. "Nós vamos levar você a uma distância da caravana, perto o bastante para andar até ela", ele diz. "Mas só até lá. Pois eles estão armados e desconfiam de estranhos." Rapidamente, eles o levam para a algumas centenas de metros do acampamento. Você desmonta e eles partem, deixando-o para se aproximar da caravana. Vá para **137**.

3

"Muito bem, viajante, não siga nosso conselho", a voz adverte. "Nós o deixaremos seguir sua jornada, mas falamos a verdade. Você nunca vai sobreviver à jornada até o Baixo Xamen sem essa ajuda. Mas, se esse é seu desejo, assim seja." Se quiser reconsiderar e recitar o cântico, vá para **297**. Se não quiser mudar de ideia, pode sair da área (vá para **133**).

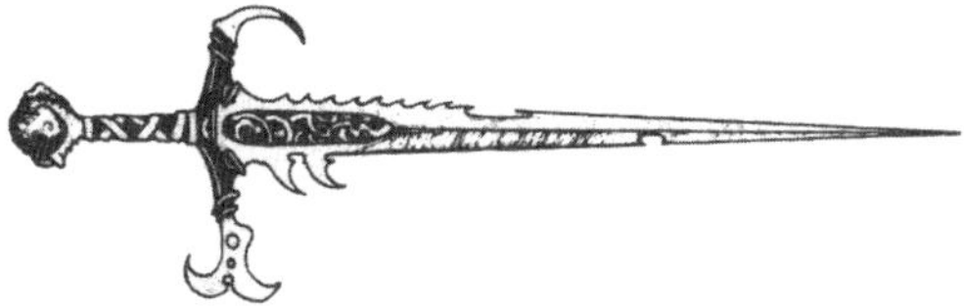

4

Após um breve descanso, você segue sua jornada. Vai ter que sair rápido das terras pantanosas, pois agora está na sombra dos Picos Zanzunu. Vá para **393**.

5

Você tenta fazê-la conversar sobre as serpentes, mas percebe hesitação em suas respostas. Ela parece nervosa sobre esse assunto. Ainda assim, lhe conta algumas das fraquezas das cobras. A Serpente do Fogo é apagada com areia, a Serpente do Sol não suporta a água e a Serpente da Água não tolera óleo. Isso é muito interessante, mas é tudo o que consegue descobrir. Então, você se prepara para partir. Vá para **324**.

6

Você salta para a esquerda para evitar outra rachadura. Quando o faz, a cobra crava suas presas, fazendo-o estremecer de dor e cair de mau jeito sobre seu calcanhar. Reduza 2 pontos de Energia. É melhor se livrar dessa pestinha. Vá para **263**.

7

Você observa por algum tempo enquanto ele toca sua flauta e as cobras respondem à sua música. Após observar essa apresentação admirável, você decide lhe questionar. Vai perguntar a ele se tem qualquer coisa que gostaria de trocar por algo em sua mochila (vá para **121**) ou vai lhe perguntar se ele sabe algo sobre as Sete Serpentes (vá para **161**)?

8

Feliz, você abre o grimório. Mas, para seu horror, descobre que é um livro de magias de Analand! De alguma forma ele caiu em mãos erradas e acabou em Kakhabad, o que pode ser muito perigoso para Analand. A magia de cada país é um de seus segredos mais bem guardados. Não há alternativa: o livro deve ser destruído assim que possível. Tentando a duras penas manter sua compostura para não revelar sua descoberta, você fecha o livro. Assim que puder, deve destruí-lo, mas pode antes dar uma olhada nele para se lembrar das magias (se quiser, passe cinco minutos relendo o *Grimório* da série *Magia!* impresso no final deste livro. Assim que seguir em sua missão, você não vai poder mais consultar o livro). Vá para **86**.

9

Os ruídos de coisas caindo e se quebrando diminuem. Você salta para a esquerda e, por pouco, evita outra pedra que cai, mas, rapidamente, tudo para. O perigo passou. Você agora pode investigar o alçapão (vá para **180**) ou sair deste lugar (vá para **309**).

10

Quando a tempestade passa, você considera suas rotas prováveis. Vai continuar para noroeste (vá para **73**) ou seguir para norte em direção à floresta (vá para **283**)? Você pode descansar aqui e comer provisões se quiser. Se o fizer, pode Adicionar 2 pontos de ENERGIA se esta for sua primeira refeição do dia ou 1 ponto de ENERGIA se já tiver comido.

11

Em que direção vai seguir:

Noroeste — uma viagem longa?	Vá para **47**
Norte-noroeste?	Vá para **15**
Nordeste?	Vá para **73**

12

Você segue pelas planícies, buscando sinais de vida com os olhos. Não há nenhum. Porém, um som curioso à distância chega aos seus ouvidos. Ele fica mais alto à medida que avança — algum tipo de guincho longínquo. Mas a origem provável desse barulho não está em lugar nenhum. Curioso, você olha em volta e grita de horror quando vê um par de olhos sem corpo olhando em sua direção! O olhar é hipnótico, mas você sacode sua cabeça e quebra o feitiço. O guincho agora está muito perto e, piscando, é possível ver sua origem. A dez metros há uma perturbação no ar, que parece tremular de calor, erguendo-se de uma rocha escarpada. Quando ele sobe, o som fica mais agudo. O que quer que seja, estava distorcendo sua visão da paisagem adiante! A alguma distância da pedra, esse ar tremeluzente se funde aos olhos e o som agudo vira um riso fino e zombeteiro, como se um grupo de bruxas estivesse gargalhando com seu infortúnio. Você observa com medo.

Então, o ar treme por sobre os olhos e uma forma assustadora se revela. Uma criatura com um manto negro e uma cabeça de caveira gesticula para que se aproxime com um dedo ossudo. Você vai se aproximar como ela pede (vá para **104**), correr para se esconder nas pedras (vá para **185**) ou virar as costas e fugir da cena o mais rápido possível (vá para **174**)?

13

Com o sol alto no céu, a caminhada pela floresta é agradável. Estranhas árvores e arbustos costeiam a trilha e, em alguns momentos, você vê pássaros cantando nos galhos. Pode haver algumas coisas úteis para pegar pelo caminho. Você passa e pode levar consigo quaisquer das seguintes coisas (mas, para cada coisa que pegar, deve deixar para trás um de seus itens atuais): cinco pedrinhas; um punhado de folhas verdes coriáceas com seis pontas; um pouco de areia; nozes e frutinhas o suficiente para 2 refeições; um pouco de pó; penas de um pássaro amarelo. Quando tiver decidido e fizer seus ajustes, vá para **117**.

14

Você pega o frasco e espera a serpente atacar. Ela circula pelo ar e mergulha em sua direção. Esquivando-se rapidamente, enquanto ela voa, você arremessa o conteúdo do frasco contra a criatura e observa, maravilhado, o óleo fazendo efeito. Antes que a criatura sequer possa fazer um som, o óleo a dividiu em talagadas inofensivas de água, que agora caem sobre o lago! Você derrotou a Serpente da Água. Vá para **75**.

15

Por algumas horas, você anda pelas planícies sombrias. O vento começa a soprar e, para sua irritação, está em sentido contrário ao seu, dificultando a viagem. Uma rocha sobre o solo vai lhe dar algum abrigo se quiser parar, descansar, comer e esperar o vento diminuir. Deseja parar aqui? Se sim, vá para **97**. Se preferir continuar assim mesmo, vá para **107**.

16

Você se ajeita para dormir durante a noite. Adicione 3 pontos de ENERGIA pelo descanso e continue na manhã seguinte (vá para **230**). Se não tiver comido nada ontem, deve reduzir 3 pontos de ENERGIA.

17

Uma comida ideal para viajantes, as ampedas são bolinhas de massa com carne seca dentro. Você comprou o suficiente para 4 refeições. Vá para **86**.

18

Você sente calor e tudo pinica. O velho elfo ri do seu desconforto enquanto manchas vermelhas surgem por todo seu corpo! "Não se preocupe", ele diz, rindo. "Isso às vezes acontece com quem não tomou sopa de bagaço antes. Mas é temporário." Os outros elfos também riem da sua situação. "Ô consagrado!", ele grita. "Que tal darmos ao nosso amigo 1 peça de ouro pelo inconveniente?" O cozinheiro concorda e lhe dá 1 peça de ouro. Vá para **231**.

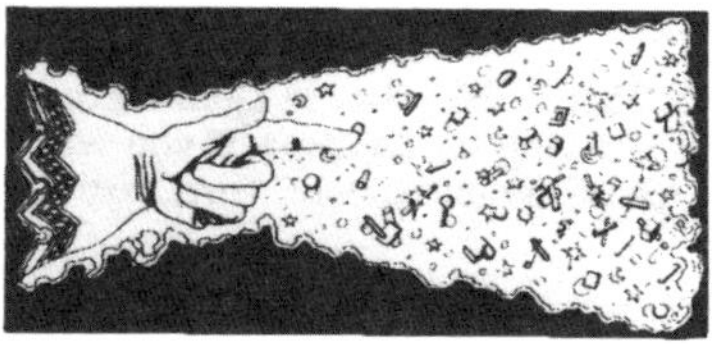

19

Quando você se aproxima da vila, é percebido e vários dos aldeões se reúnem para ver sua chegada. São criaturas feias, fortes, altas e magras. Vestem peles de animais e dois homens altos seguram pesadas clavas de madeira. Esses klattaman são primitivos, adaptados para uma vida seminômade nas estepes. Quando você entra na vila, eles o olham com expressões indecifráveis. Podem estar maravilhados com sua presença, mas também há um brilho matreiro em seus olhos. Eles gesticulam para que você os siga até uma fogueira, onde um animal está sendo assado em um espeto. Você vai aceitar sua hospitalidade (vá para **204**) ou seguir viagem através da vila e em direção à floresta (vá para **173**)?

20

Você recolhe suas coisas e deixa a clareira. Por várias horas, segue o caminho pelo mato. Porém, percebe que a floresta está ficando menos densa. Deve estar chegando perto da borda, o que significa que daqui a pouco vai poder ver as águas do Lago Ilklala. É o início da noite quando você finalmente chega à orla do enorme lago. Olhando pela imensidão de água quieta que se estende até o horizonte, você fica desolado. Como vai cruzar o lago? Não há sinal de pessoas ou barcos até onde possa ver. Você se senta para considerar o problema e decide acampar aqui pela noite e planejar de manhã. Pode comer provisões se quiser; se o fizer, adicione 2 pontos de ENERGIA se esta for sua primeira refeição de hoje ou 1 ponto de ENERGIA se já tiver comido. Então, pode se preparar para dormir. Vá para **264**.

21

Quando você se inclina na direção do velho barqueiro, a Serpente de Ar fica agitada e tenta, com rapidez, ficar em volta de seu rosto. Seu gás asfixiante prejudica você se o respirar por qualquer período de tempo. Fuçando nas roupas do barqueiro, você encontra uma pele de cobra enrugada e, quando a pega, a serpente sobe para o ar, como que aterrorizada. Uma voz de outro mundo grita, ordenando-lhe que guarde a pele de volta. O que vai fazer? Vai guardar a pele contanto que a serpente o deixe em paz (vá para **131**) ou rasgá-la (vá para **34**)?

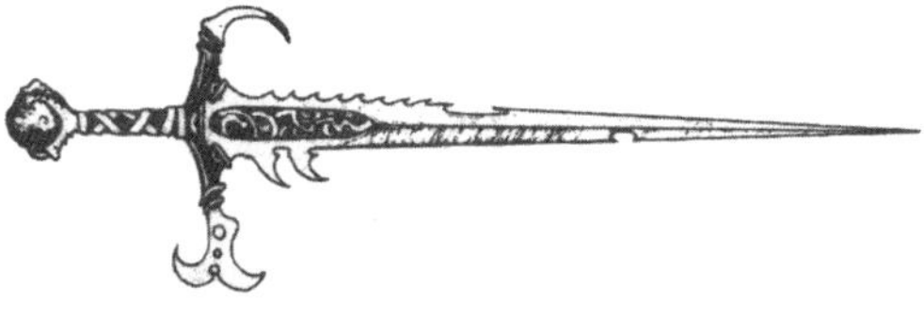

22

Um sorriso surge no rosto da criaturinha. "Ora, obrigada por seu presente", ela diz. Sua voz mudando para uma que não combina em nada com sua forma, assemelhando-se mais a uma mulher de meia-idade. "Então é verdade. Você é uma pessoa bondosa. Pois ninguém em Kakhabad ofereceria presentes a um completo desconhecido. Mas espere. Me deixe desfazer esse disfarce." Diante de seus olhos, ela se transforma da criaturinha em uma mulher alta vestindo mantos púrpura. "Permita que me apresente. Sou Dintainta das Estepes, embora alguns me chamem de a Impostora. Sei de sua missão e posso ajudá-lo. É um crédito para sua inteligência e coragem você ter sobrevivido até aqui. Porém, eu lhe aviso: perigos muito maiores estão adiante. Na Fortaleza Mampang, cuidado com o Carneiro que Não Dorme, pois até sua habilidade não vai ser páreo para seus poderes. Você pode derrotá-lo abrindo este frasco em sua presença." Ela lhe dá um pequeno frasco de vidro. "Guarde-o com sua vida e não permita que ninguém libere o gás dentro dele. Um último conselho. A uma pequena distância adiante, você vai confrontar a Serpente de Terra. Seus poderes são consideráveis, mas só existem quando o monstro está em contato com a terra. Agradeço por seu presente e lhe desejo uma jornada segura." Dintainta resmunga algumas palavras e se transforma de volta ao que parecia ser. Piscando para você, ela segue o caminho dela e você o seu. Vá para **114**.

23

O poço é velho e seco. Para testá-lo, você desce o balde e o puxa de volta. Pegando-o pela borda do poço, olha para dentro — e salta bem a tempo para evitar ser mordido por uma cobra dourada que estava enrolada dentro dele! O balde cai no chão e a cobra rasteja em sua direção. Você vai sacar sua arma para enfrentá-la (vá para **52**) ou lançar uma magia?

ZAP	RAP	FOF	HOT	YAP
339	**397**	**397**	**407**	**461**

24

Do buraco do besouro no chão, você pega um pouco de pó de pedra. Então deve decidir para que lado continuar. Uma viagem longa o espera. Você vai para noroeste (vá para **137**) ou para nordeste (vá para **12**)?

25

Você para. Na folhagem à esquerda há dois olhos. Um rosto peludo o encara. À direita, outra criatura com pelos escuros o observa. Olhando em volta, você congela! Está cercado por pelo menos uma dúzia de snattacats! Os dois à sua frente fecham os olhos… e desaparecem. Você vai sacar sua arma (vá para **74**) ou lançar uma magia?

GOB	YAZ	GUM	FOF	FAR
358	**398**	**451**	**383**	**423**

26

"Claro", diz o velho elfo. "Você deve estar cansado de sua jornada e a noite está caindo rápido. Deixe-me levá--lo a uma carroça vazia, onde pode dormir por hoje." Ele o leva para fora até uma carroça suja e lhe entrega um cobertor para se enrolar nele. Vá para **125**.

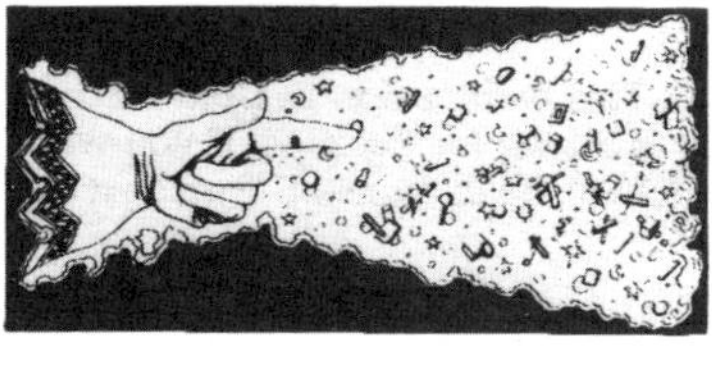

27

Você consegue puxar sua arma. A posiçao é ruim, mas é possível usá-la para cortar as vinhas e sair.

ARBUSTO
ESTRANGULADOR HABILIDADE 5 ENERGIA 8

O arbusto estrangulador não chega a machucá-lo (sua HABILIDADE reflete apenas sua capacidade defensiva), então, se a *força de ataque* dele for maior que a sua, você

não vai reduzir pontos de ENERGIA. Porém, se não o derrotar dentro de 5 rodadas de ataque, vá para **305**. Se derrotar a planta, vá para **106**.

28

Você leva o barco com cuidado até a perturbação para ver o que está acontecendo. Mas não consegue enxergar nada. Talvez seja apenas uma ocorrência natural na qual uma fonte subterrânea ou uma passagem de ar atravessam o leito do lago. Você dá de ombros e se senta de novo, pronto para pegar os remos. De repente, o barco sacode, violento, na água! O borbulhar se move e agora está diretamente abaixo do barco! Você é jogado de seu assento e deve *testar sua sorte*. Se for *sortudo*, vá para **118**. Se for *azarado*, vá para **281**.

29

Você se abaixa para puxar sua arma. Assim que sua mão toca o cabo, um choque doloroso passa por seu braço, fazendo-o puxá-lo rápido. Reduza 1 ponto de ENERGIA. Você tenta conter um grito sem sucesso e a criatura na mesa se vira lentamente para encará-lo. "Então!", grita uma voz estridente. "Fenestra tem um visitante, é? Quem ousa se aventurar sem aviso na caverna de Fenestra?" Você se apresenta, com cuidado para manter sua missão em segredo. Você vai:

Pedir permissão para sair dali?	Vá para **68**
Pedir informações sobre a floresta?	Vá para **317**
Perguntar o que ela sabe sobre o Lago Ilklala?	Vá para **252**

30

Você cobre a cabeça e corre montanha abaixo enquanto as pedras caem no chão ao seu redor. Role um dado. É o número de pontos de Energia que perdeu com as pedras que lhe atingem. Se quiser, pode *testar sua sorte*. Caso seja *sortudo*, somente as pedras menores o atingiram e pode dividir por 2 o dano de Energia (arredondando para cima). As pedras que caem, porém, dificultam seu equilíbrio, fazendo-o escorregar e cair no chão, com um baque. Vá para **98**.

31

A garrafa contém antídoto contra mordidas de cobra. Ele imediatamente cura você de qualquer veneno de cobra que o tenha picado. Vá para **86**.

32

Quando você saca sua arma, a aparição da morte solta um grito terrível e pula em sua direção. Resolva sua batalha com a criatura.

APARIÇÃO DA MORTE HABILIDADE 9 ENERGIA 9

Você descobre que sua arma inflige dano normal na criatura. Quando tiver reduzido a ENERGIA do ser a 3 ou menos, vá para **205**.

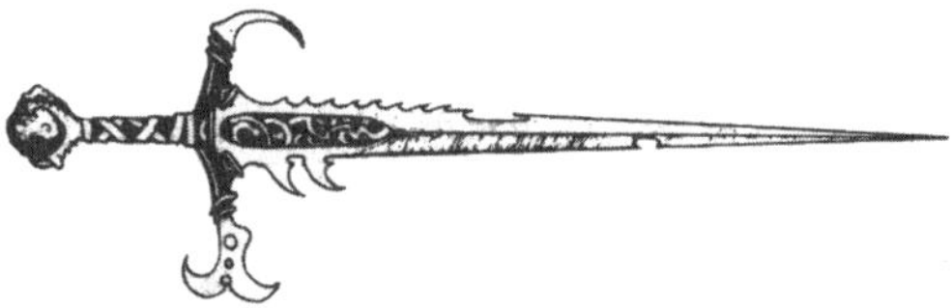

33

A criaturinha resmunga ao ver sua oferenda. "Já tenho um desses", ela declara. "Bem, ainda assim lhe agradeço pelo presente. Mas agora preciso ir. Adeus." Ela passa por você e segue pelo caminho de onde você veio. Qual é sua reação? Vai dar de ombros, dar bom-dia e seguir na direção oposta à da criatura (vá para **114**), gritar para ela oferecendo outra coisa (vá para **254**) ou está bravo demais com os maus modos da criatura e prefere lhe ensinar uma lição (vá para **327**)?

34

Agarrando as duas pontas da pele de cobra, você a parte, com força, em duas. Um grito vem da serpente, que agora está no ar, também separada em duas partes. Você rasga as metades até que elas virem pedacinhos de pele. Acima, a serpente foi dispersada da mesma maneira. Tudo o que resta são montinhos de fumaça que o vento acaba espalhando. Você descobriu o ponto fraco da Serpente do Ar! Vá para **213**.

35

O último centauro implora por piedade. Você diz que vai poupar a vida dele se isso ajudar em sua missão. "Nobre estranho", ele arfa. "Eu sei que você busca as Sete Serpentes. Minha única oferenda diz respeito a isso. Meu conhecimento dessas criaturas é limitado, mas nossa raça conhece uma pista para a queda delas. Uma delas — a Serpente da Lua — tem um ponto fraco: não tolera o poder da chama." Enquanto você considera esse conselho, o centauro aproveita a oportunidade e galopa pelas planícies. Você vasculha os pertences dos outros dois e encontra 4 peças de ouro e uma bolsa com uma areia marrom fina. Após descansar um pouco, pode continuar. Vá para **273**.

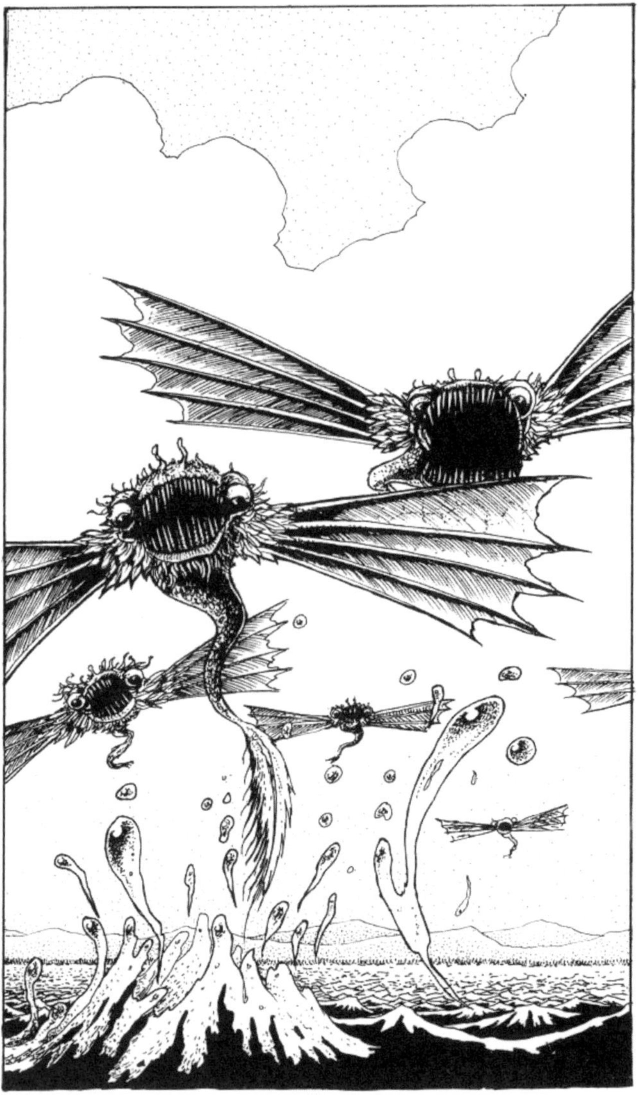

36

Você faz um desvio amplo em torno da água borbulhante e segue seu curso para o outro lado do Lago Ilklala. Um pouco adiante, outro burburinho na água aparece, mas esse é inevitável. Um pequeno cardume de peixes-voadores salta da água para o ar, em sua direção. Embora sejam criaturas pequenas, seus dentes afiados podem cortar sua carne e você vai precisar tomar uma medida defensiva. Vai lançar uma magia?

NIF	FIX	RAZ	WAL	PEP
403	**373**	**360**	**426**	**449**

Ou enfrentá-los com sua arma (vá para **291**)?

37

Você explica seu propósito e sua missão em busca das Sete Serpentes. Quando as servas do Arquimago são mencionadas, as pessoas manifestam seu espanto. O velho elfo ergue a mão, impondo silêncio. "Então você é o motivo pelo qual essas criaturas malignas vieram às Baklands, espalhando seu terror!" Ele pensa por um instante, como se formulasse um plano. Em um dado momento, ele o olha, cerrando bem seus olhos. "Bem, talvez possamos ajudá-lo, estranho. Siga-me para esta caravana aqui. Acho que podemos ter algo que lhe interesse." Você vai segui-lo como ele sugere (vá para **151**), pensar em sair desse lugar (vá para **311**) ou prefere lançar uma magia?

HOW	MAG	TEL	GOD	NAP
366	**341**	**472**	**394**	**432**

38

Você está perdendo seu tempo ao tentar se comunicar com essas criaturas. Sua linguagem nada mais é do que uma série de grunhidos. Uma delas agarra uma pedra e a atira em sua direção, atingindo seu braço e lhe causando 2 pontos de ENERGIA de dano. É melhor você sacar sua arma (vá para **188**) ou lançar uma magia:

YOB	KID	GAK	KIN	GOD
475	**439**	**456**	**344**	**356**

39

"Pois bem, o analandense tem o Anel das Serpentes!", rosna a serpente, flutuando no ar. "Então devo lhe informar isso: o Arquimago não é o que parece. Ele pode estar disfarçado em Mampang. Mas, em todo caso, você nunca vai chegar vivo à fortaleza!" Volte para **53**.

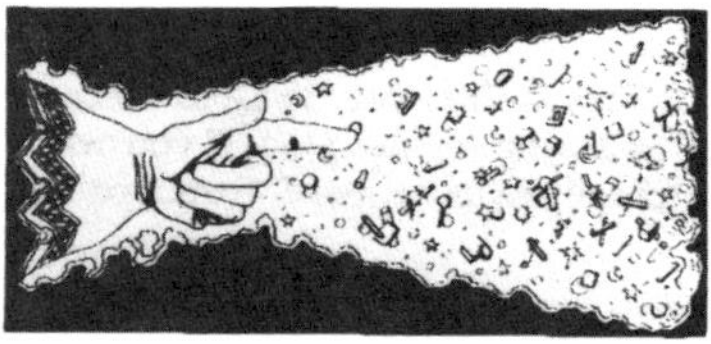

40

Você arromba as correntes e ele sobe as escadas devagar para acostumar seus olhos à luz. "É maravilhoso! E eu pensei que nunca mais veria a luz do dia. Como posso recompensá-lo? Os klattaman tomaram todos os meus tesouros. Mas você pode levar o que sobrou." Você pensa e decide que a coisa mais útil que ele provavelmente pode oferecer é seu conhecimento sobre as Baklands. "As Sete Serpentes", ele começa quando você lhe conta sobre sua missão. "Então estão por aí de novo. Bem, não são minhas amigas. Vou lhe dizer o que sei, mas não é muito. Você já sabe que são servas do Arquimago. Todas são vulneráveis. Mas só sei de duas das fraquezas. A Serpente da Lua não tolera o fogo, isso é certo. E a Serpente da Terra não tem poder quando não está em contato com o solo. Mas isso é tudo o que sei, meu amigo. É tudo."

Em um dado momento, após uma conversa breve, você deixa o velho e segue. Porém, sem que você saiba, o frio e a umidade dessa cela fizeram mal a ele. Ele tem a praga amarela e, durante sua estada com ele, você contraiu a doença. Até encontrar alguma maneira de se curar, você perde 3 pontos de ENERGIA por dia (reduza-os no final de cada dia). Após o segundo dia, você vai perceber que está doente, mas, antes desse momento, não pode tomar quaisquer medidas para se curar, pois não vai ter percebido a doença. Agora deixe o templo; vá para **309**.

41

Você corre pelo caminho adiante. Passos invisíveis o seguem, mas finalmente seus perseguidores desistem da caçada. Você para em uma pequena clareira adiante para recuperar o fôlego. Vá para **20**.

42

Segurando sua arma entre os dentes, você sobe a árvore. A cobra vermelha o olha com cuidado. De repente, quando você não está longe dela, ela salta da árvore e aterrissa no solo abaixo, fazendo-o amaldiçoar a besta ao vê-la descendo. Porém, sua atitude tola o deixou à mercê da Serpente do Fogo. A árvore entra em chamas de novo, mas dessa vez você está no centro do incêndio. Suas roupas pegam fogo e você cai no chão, gritando.

Reduza 2 pontos de HABILIDADE e 6 pontos de ENERGIA por suas queimaduras e pela queda. Na base da árvore, você agora pode enfrentar a serpente.

SERPENTE DO FOGO HABILIDADE 13 ENERGIA 12

Se derrotar a serpente, vá para **306**.

43

De volta à superfície, o perigo não acabou. Rachaduras estão surgindo no solo, partindo do buraco. Uma se abre entre suas pernas e você pula para o lado bem a tempo de evitar ser engolido. Uma grande rocha no topo do monte está prestes a rolar em sua direção. E, como se não bastasse, uma cobrinha verde está enroscada em seu calcanhar e se preparando para mordê-lo. O que vai fazer primeiro? Tentar encontrar uma área segura contra as rachaduras no solo (vá para **6**), tentar empurrar a rocha em outra direção (vá para **115**) ou se livrar da cobra (vá para **263**)?

44

Uma lufada repentina agarra sua mochila, arrancando-a de suas mãos e a arremessando pelo chão. Ela flutua no vento e se abre. Você observa em desespero o conteúdo saindo dela. Cobrindo seus olhos, você salta em direção à mochila para tentar pegar todos os seus artefatos. Mas não é fácil. Enquanto você tenta agarrá-los, o vento os arremessa para fora de seu alcance. Porém, você recupera qualquer coisa na mochila que não seja quebrável (então perde frascos de líquidos, espelhos etc.) e que não seja papel (por exemplo, mapas ou pergaminhos), que vai ser soprado para longe. Organize sua lista de equipamentos e volte para sua fresta para esperar que a tempestade de poeira diminua. Então, vá para **10**.

45

O sibilar da serpente é um riso zombeteiro. "Humanozinho!", ela rosna. "Acha que consegue me espetar com essa agulha de nada?" Ela investe contra você e a batalha começa.

SERPENTE DA LUA HABILIDADE 13 ENERGIA 10

Se matar a serpente, vá para **62**.

46

O velho elfo assente com a cabeça. Ele está disposto a levá-lo a uma caravana vazia onde você vai poder dormir durante a noite, mas o preço é de 3 peças de ouro. Se estiver preparado para pagar esse valor, faça isso e siga-o para o vagão (vá para **125**). Caso contrário, vai ter de sair do acampamento (vá para **294**).

47

É o meio da tarde. Nada de mais acontece em sua longa viagem por Baddu-Bak. Você chega a um ponto onde pode descansar por algum tempo e comer provisões se desejar. Se quiser parar para comer, vá para **152**. Se preferir continuar, vá para **95**.

48

Você continua sua viagem pelos ermos estéreis das Baklands por várias horas. No horizonte, uma árvore isolada e sem folhas surge, fazendo-o ir até ela. Você pode descansar e comer provisões aqui, somando 2 pontos de ENERGIA se esta for sua primeira refeição do dia.

Um barulho nos galhos o perturba. Olhando para cima, você escuta uma voz chamando seu nome! No alto dos galhos, os gravetos nus se formaram em um rosto humano — o rosto de um velho. E ele balbucia uma mensagem, que o alcança: "Está buscando a localização de Shadrack de Baddu-Bak e eu a conheço. Para encontrá-lo, desvie para leste de sua trilha para a Rocha Rabo de Peixe. Ele o espera." Uma brisa sopra e perturba os galhos. Quando ela para, o rosto sumiu!

Você vai seguir para o leste como o rosto aconselhou (vá para **150**) ou para a trilha ao norte (vá para **94**)?

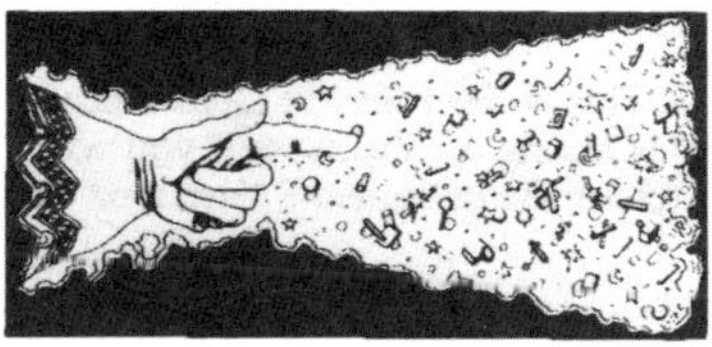

49

Você pode sacar sua arma e ameaçar o barqueiro para que o leve de graça ou tentar trapaceá-lo com uma magia:

FOG	GOD	LAW	DOC	FIX
404	**480**	**332**	**441**	**379**

Se optar por sacar sua arma, o barqueiro vai enfrentar você.

BARQUEIRO HABILIDADE 7 ENERGIA 8

Quando a Energia dele tiver sido reduzida a 4 ou menos, ele vai se render e concordar em levá-lo (vá para **110**).

50

Como a criaturinha vai reagir ao seu presente? Role um dado para decidir.

Se seu presente for um artefato de magia:

Rolagem de dado	
1	Vá para **33**
2–4	Vá para **22**
5–6	Vá para **290**

Se seu presente for outra coisa:

Rolagem de dado	
1–3	Vá para **33**
4–5	Vá para **22**
6	Vá para **290**

51

O rótulo no frasco assegura que o conteúdo é água das fontes sagradas de Daddu-Ley. Embora você não tenha como saber isso no momento, a água não foi abençoada; é água de rio comum e não tem poderes especiais. Vá para **86**.

52

A batalha começa.

COBRA DOURADA — HABILIDADE 6 ENERGIA 6

A cobra tem uma mordida venenosa. Se ela o ferir a qualquer momento antes que você a mate, role um dado para descobrir quantos pontos de ENERGIA de dano o ferimento vai causar. Se matar a cobra, pode sair da área. Vá para **309**.

53

Você se prepara para lançar sua magia, de olho na serpente. Ela vai para lá e para cá, cada vez mais rápido, em um ritmo incrível. Olhar para ela dificulta sua concentração e você finalmente desiste. Então, decide sacar sua arma (vá para **103**), a menos que haja alguma alternativa.

54

A batalha começa.

SERPENTE DA TERRA — HABILIDADE 12 ENERGIA 13

Se derrotar a serpente, vá para **220**.

55

Você encontra um canto com abrigo e se ajeita. Se quiser comer provisões, pode fazê-lo e adicionar 2 pontos de ENERGIA se esta for sua primeira refeição do dia (ou 1 ponto de ENERGIA se já tiver comido). Quando você se espreguiça, percebe barulhos estranhos vindos da floresta adiante. Ruídos animais incomuns perturbam o ar. Que perigos o aguardam? Sem dúvida vai descobrir amanhã. Você cai no sono. Vá para **235**.

56

Você rapidamente reza, torcendo para que Libra o ouça antes de ser tarde demais. A pressão está ficando insuportável! Mas, então, o aperto começa a parar. Libra o ouviu! As folhas do arbusto estrangulador perdem a cor verde e vão ficando amarronzadas, murchando em seus galhos. Suas preces foram atendidas — mas você usou sua única oportunidade de obter a ajuda de Libra nesta etapa de sua jornada. Vá para **106**.

57

Você grita e espera. Depois de dez minutos, tenta de novo, sem resposta. A área parece deserta. Vai tentar andar pela margem para ver se encontra sinais de vida (vá para **241**) ou esperar para ver se alguém encontra você (vá para **233**)?

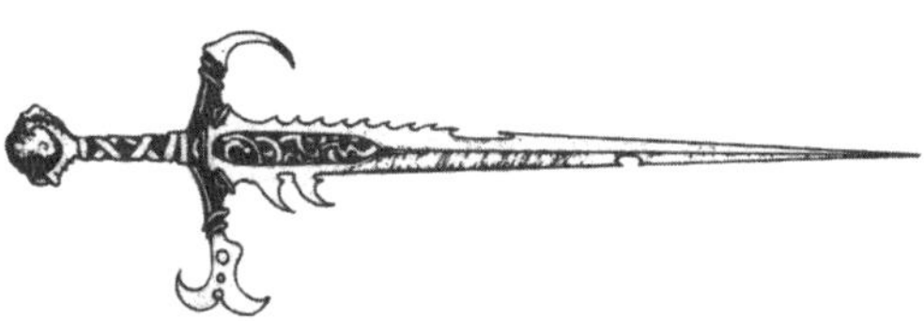

58

Você persegue depressa a serpente, fazendo o possível para mantê-la à vista. Como um galho em chamas suspenso no céu, ela ilumina seu caminho, mas a velocidade dela é maior que a sua. O vento começa a soprar e, para seu alívio, é mais contra a serpente do que contra você, o que lhe permite cobrir uma distância maior. Esse vento assobia e faz redemoinhos e você protege seu rosto das lufadas. Um gosto de terra em sua boca o alarma: vocês estão indo para dentro de uma tempestade de areia! Você para e olha a serpente, erguendo suas mãos para proteger os olhos. Ela parece estar lutando em vão contra a tempestade. Instantes depois, uma enorme lufada cheia de areia atinge a serpente, que não consegue se desviar dela. Sua chama bruxuleia e desaparece na areia. Quando isso acontece, ela começa a cair do céu, arremetendo, junto à sua mochila. Lutando contra o vento, você entra na tempestade para pegar seus pertences antes que sejam esmigalhados. A mochila balança na tempestade, mas você se posiciona embaixo, pronto para pegá-la. Então, sem aviso, a serpente cai em você, derrubando-o no chão. Vá para **287**.

59

Você lê o cântico e a serpente fica lenta. Uma expressão de dor toma o rosto dela e ela bate as asas devagar. Seus movimentos ficam lentos e ela paira no ar de forma antinatural, como se devesse, na prática, cair no chão. Mas ali está ela, flutuando lentamente para baixo. Quando fica a seu alcance, você consegue atacá-la com sua arma.

SERPENTE DO TEMPO   HABILIDADE 3 ENERGIA 14

Se derrotar a criatura, vá para **4**.

60

Por várias horas você segue adiante até que, à distância, a linha que divide a Floresta dos Snatta fica bem distinta. Acima, as nuvens trovejam, cortando o céu escuro. Você pausa para considerar quanto mais precisa andar. O som repentino de vozes à sua direita o assusta, fazendo-o virar-se. Então, você esfrega os olhos e olha de novo. A menos de vinte metros de sua localização, sete humanoides com mantos se agacham no chão, jogando algum tipo de jogo! Seus corpos tremulam, fazendo-o olhar melhor. É capaz de jurar que pode ver através desses corpos! E como podem ter aparecido do nada? Pois certamente não estavam ali há alguns segundos. Um deles ergue a cabeça e se vira em sua direção. Seus olhos se arregalam quando a face ossuda de uma caveira morta há muito tempo abre a boca. A voz oca sussurra ao vento, chamando seu nome. "Esperamos sua chegada. Foi pontual, meu caro mortal. Somos os Sete Espíritos. Fomos enviados para avisá-lo sobre os perigos adiante. Junte-se a nós."

Você vai se juntar a eles como foi convidado a fazer (vá para **116**) ou se desviar deles e partir para a floresta (vá para **82**)?

61

Você se afasta e dá a volta ao redor da caravana. Pode ver os guardas do acampamento seguindo-o, mas está fora do alcance das flechas deles. Chegando ao outro lado do acampamento, pode continuar. Vá para **269**.

62

A escuridão desaparece com a morte da serpente. Você a observa deitada no chão e, diante de seus olhos, ela se encolhe e se enrola. Instantes depois, tudo o que resta dela é um pequeno orbe de cristal, que você pode levar consigo. Vá para **285**.

63

Você sobe um dos pedestais e anda cuidadosamente pela estrutura, que parece deserta. Gritando, não recebe resposta. Em uma parede, há hieróglifos que você pode tentar decifrar. Em um canto, há um alçapão no chão. Gostaria de tentar ler os hieróglifos (vá para **272**), abrir o alçapão (vá para **180**) ou continuar procurando (vá para **101**)?

64

Os centauros se revezam para levá-lo pelas planícies até que chegam perto de um cume. O líder lhe diz para descer. "Logo depois daquele cume vive Manata, em um buraco no chão. Não queremos encontrar os seres de estimação dele, portanto, não o levaremos adiante." Você desce e lhes agradece pela carona. Então, sobe até o cume enquanto eles seguem o caminho deles. Vá para **176**.

65

Atrás de você, a tempestade começa. Novamente, o vento aumenta, erguendo pedrinhas e terra consigo. Porém, você está nas bordas da tempestade e não sofre toda a sua ira, evitando-a, por sorte. Vá para **73**.

66

Você se agarra à serpente, tentando erguê-la no ar. Você vai conseguir erguê-la se *testar sua sorte* com sucesso e então rolar um número menor que sua pontuação de HABILIDADE com dois dados. No entanto, a cada vez que tentar isso e falhar em erguer a serpente, ela vai golpear você, causando 3 pontos de ENERGIA de dano (pois você está indefeso). Se erguer a criatura, vá para **127**. Se decidir parar de tentar, volte para **263** e escolha outro ataque.

67

Sua escolha não vai lhe dar vantagem em sua luta contra a serpente. Saque sua arma e enfrente-a.

SERPENTE DA ÁGUA HABILIDADE 10 ENERGIA 11

Se vencer, vá para **75**.

68

"Sim, sim, você precisa ir. E rápido. Pois qualquer um que ameace Fenestra não é bem-vindo aqui. Suma!" Você lhe agradece e segue para a porta. Do lado de fora, continua em seu caminho. Vá para **92**.

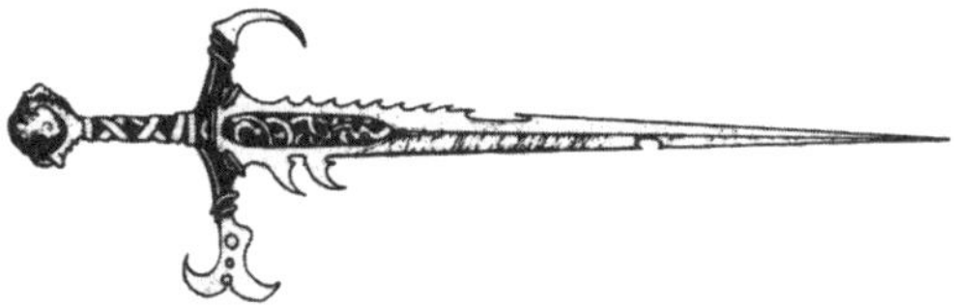

69

O velho elfo fica de pé e assente com a cabeça. Ele vai levar você para uma carroça vazia onde pode dormir durante a noite, mas o preço é de 3 peças de ouro. Se pagar, siga-o para o vagão (vá para **125**). Se não puder, ou não quiser, pagar, deve se sentar de novo, fingir que ainda não está tão cansado e conversar com eles (vá para **275**) ou pedir para ver suas mercadorias (vá para **315**).

70

Quando você salta adiante, os centauros tentam lhe atingir com três flechas. Role um dado para cada uma delas. Uma rolagem de 1 ou 2 indica que você foi ferido por essa flecha, causando-lhe 2 pontos de ENERGIA de dano. Então resolva sua batalha. Porém, se pelo menos duas das flechas o atingiram, você deve reduzir 2 pontos de HABILIDADE durante esta luta.

Primeiro CENTAURO	HABILIDADE 8	ENERGIA 7
Segundo CENTAURO	HABILIDADE 7	ENERGIA 6
Terceiro CENTAURO	HABILIDADE 7	ENERGIA 8

Enfrente os centauros um por vez, na ordem que preferir. Quando tiver vencido dois deles (se sobreviver até lá) e tiver ferido o terceiro pelo menos duas vezes, pode, se quiser, permitir que ele se renda (vá para **35**). Se escolher matar todos os três, vá para **154**.

71

Seu golpe acerta a criatura, que grita e salta para trás. Ela lambe a ferida e se vira para enfrentá-lo. Seus olhos se semicerram e sua boca se abre, com um rugido baixo vindo de sua garganta. De repente, ela salta em sua direção! Você percebe seu poder especial quando, no meio do salto, ela vira uma bola flamejante e cai sobre você! Conduza a segunda rodada de ataque. Se sua *força de ataque* for maior que a dela, você conseguiu se esquivar da raposa com sucesso e feri-la. Se a *força de ataque* da raposa for maior, ela vai ter o ferido e queimado, causando 5 pontos de ENERGIA de dano. Após essa segunda rodada de ataque, ela volta ao normal. A ENERGIA necessária para ativar o poder de fogo custa a ela 1 ponto de ENERGIA e 1 ponto de HABILIDADE. Continue a batalha até a morte (lembrando que a criatura tinha uma HABILIDADE inicial de 7 e uma ENERGIA de 6), mas, sempre que a ferir, ela vai ativar seu poder de fogo na próxima rodada de ataque (repita o procedimento acima). Se a matar, vá para **95**.

72

Ele lhe implora: "Tenha piedade, estranho! Eu não vou feri-lo! Talvez possa ajudá-lo se poupar minha vida. O que você é? Um bandido? Tome meu ouro! Um guerreiro? Aqui, fique com meu chakram, cuja lâmina é mortífera e a mira é certeira. Talvez um mago? Eu lhe dou este pó mágico para suas magias. Mas deixe-me em paz!" Você se inclina para pegar suas oferendas. A bolsa de dinheiro contém 9 peças de ouro. O chakram é um disco de arremesso afiado. Antes do início de uma luta, você pode jogá-lo no inimigo. Quando o fizer, role dois dados. Se rolar um número menor que sua HABILIDADE, vai ter atingido o inimigo e lhe causar 2 pontos de ENERGIA de dano. Seu pó mágico é amarelo e está em um pequeno frasco de vidro. Você abaixa a arma e fala com o homem, perguntando-lhe se as Sete Serpentes foram vistas nessa área. "Ah, minha nossa, sim, sim. Voaram ontem. Aliás, uma delas... er, uma delas..." A voz dele falha e ele arregala os olhos. "Oh, não! Não! Aaaaaaaaaaaahhhh!" Você observa estupefato enquanto ele cai para trás. Algo o matou de medo. Vá para **143**.

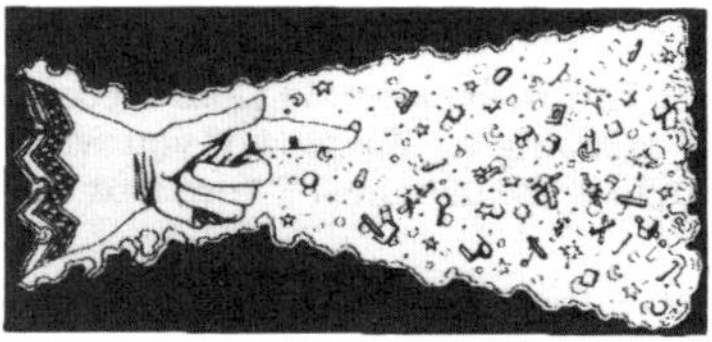

73

Você continua, pausando por uns instantes de vez em quando para examinar o terreno à frente. Em um dado momento, você para. Há algo no horizonte! Você semicerra os olhos, tentando distinguir a forma, que com certeza se move! Chegando mais perto, a forma se torna mais clara. É uma pequena criatura de duas pernas que tem mais ou menos metade do seu tamanho e está vindo em sua direção. E está se movendo em uma velocidade considerável! Deseja continuar para ver o que, ou quem, é o ser (vá para **162**)? Ou seguir em uma direção diferente para evitá-lo (vá para **239**)?

74

Role um dado. Esse é o número de snattacats que vão saltar para atacá-lo. Cada um deles é idêntico e eles vão atacar um por vez.

SNATTACAT HABILIDADE 7 ENERGIA 9

Essas criaturas podem ficar invisíveis à vontade. Sempre vão estar invisíveis ao começarem o ataque e, durante a luta, você deve reduzir 2 de sua *força de ataque* por estar enfrentando um oponente invisível. Porém, quando tiver infligido um ferimento em um snattacat, ele vai ficar atordoado e a perda de concentração vai fazer com que fique visível de novo por 1 rodada de ataque (se não for ferido novamente, ele se torna invisível). Sua *força de ataque* vai ser normal enquanto puder vê-lo. Se derrotar todos os snattacats, vá para **160**.

75

Você recupera o fôlego por alguns instantes e então parte para a orla norte do lago. Meia hora depois, está chegando de barco na orla pantanosa. Você cruzou o lago. Vá para **147**.

76

"Só posso lhe dizer que a Serpente do Tempo é a que voa mais rápido dentre as sete. E ela só pode ser derrotada recitando um cântico à sua frente. Mas eu dei esse cântico aos goblins-do-pântano, pois eles próprios desejam matar a criatura. Se encontrá-los, pode ser capaz de convencê-los a lhe entregar o pergaminho. Espero que isso lhe ajude." Você lhe agradece e se prepara para sair. Vá para **324**. Se deseja, antes, pedir a ela conselhos sobre como cruzar o Lago Ilklala, vá para **132**.

77

Você luta em vão para alcançar sua arma enquanto o arbusto estrangulador o aperta cada vez mais. A pressão está aumentando gradativamente. Vá para **305**.

78

Você come sua refeição e descansa por alguns instantes. Adicione 2 pontos de Energia se esta for sua primeira refeição do dia, ou 1 ponto de Energia se já tiver comido. Pouco depois, você junta suas coisas e parte. Vá para **300**.

79

"Ah, um comerciante, como nós, é? Bem, gostamos de uma barganha, não? Vejamos o que nosso amigo tem a oferecer." O velho elfo se senta e o convida a lhes mostrar seus artigos. Você pode escolher qualquer artefato que queira barganhar pela comida (exceto por sua arma) e então deve testar suas habilidades comerciais. Role dois dados. Se o número rolado for menor que sua Habilidade, você consegue persuadi-los a aceitar o objeto e vai receber uma refeição em troca (vá para **163**). Se o número for maior ou igual à sua Habilidade, eles não vão aceitá-lo e você pode repetir o procedimento com outro artefato. Se não puder ou não quiser fazer uma troca, vá para **288**.

80

Reduza um item de suas provisões. A raposa parte para sua comida, com bastante fome. Com um olho, ela o observa saindo da pedra e se esgueirando para longe para continuar sua jornada. Vá para **95**.

81

Você encontra o antídoto contra mordida de cobra e o mantém pronto em uma mão quando a serpente se prepara para atacar. Vá para **67**.

82

Você vira as costas para eles. "Parado!", grita a voz fantasmagórica. "Você não vai dar outro passo para o norte!"

Você vai parar como eles ordenam e esperar para ouvir o que têm a dizer (vá para **116**) ou ignorá-los e continuar andando (vá para **140**)?

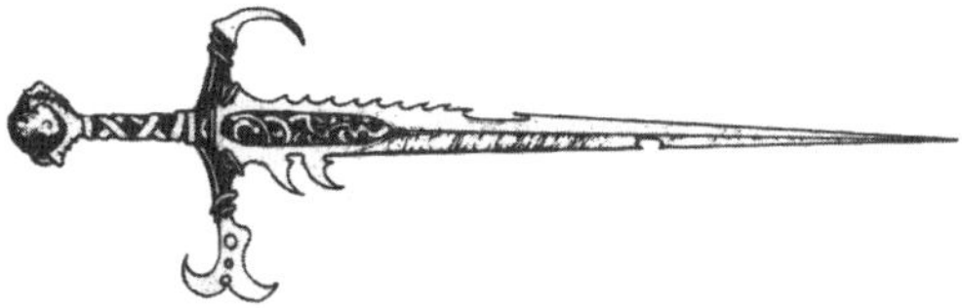

83

O terreno desolado oferece pouca coisa que atraia seu interesse, mas você enxerga bem longe a borda da grande floresta para onde está indo. Com alguma sorte, vai chegar a ela antes do cair da noite. Um vento frio varre seu caminho e o faz tremer. Pouco depois, outra lufada o atinge com uma força que quase o derruba. Acima, nuvens negras estão se juntando e um ruído de trovão corta o céu. Porém, a leste e a oeste é possível ver o céu limpo. Você parece estar no centro da tempestade que vem! Vai parar onde está e fazer o que puder para arranjar abrigo (vá para **308**), seguir seu caminho independentemente do que aconteça (vá para **247**) ou seguir para noroeste na direção do céu limpo (vá para **128**)?

84

Vendo-o pegar sua arma, a aparição da morte solta um grito terrível e parte para cima de você. Resolva sua batalha com a criatura.

APARIÇÃO DA MORTE HABILIDADE 9 ENERGIA 9

Quando tiver reduzido a ENERGIA do ser a 3 ou menos, vá para **205**.

85

Você segue pela planície, mantendo seus olhos e ouvidos antentos em busca de sinais de perigo. De repente, o solo abaixo de você treme! Você se desequilibra e cai de costas. *Teste sua sorte*. Se for *azarado*, vai ter quebrado um item de seu equipamento (o mais delicado). Se for *sortudo*, nada quebra. Quando você se levanta, vê o chão à sua frente se rompendo e duas longas garras surgindo. O buraco fica maior e um enorme baddu-besouro sai dele. Ele se vira em sua direção e avança. Como vai o enfrentar? Com magia (vá para **191**) ou com sua arma (vá para **286**)?

86

Se tiver comprado quaisquer outros artefatos de Oolooh, descubra quais são indo para a referência com o mesmo número do item. Quando tiver feito isso, pode sair da caravana. Você é recebido do lado de fora pelo velho elfo. Vai pedir abrigo a ele durante a noite (vá para **46**) ou pretende sair do acampamento agora (vá para **294**)?

87

Você lhe mostra o conteúdo de sua mochila. Tem botas de pele de borrin? Se sim, vá para **184**. Se não, vá para **142**.

88

O orbe é de cristal transparente. Você olha para dentro dele, mas não vê nada. É pesado e, se surgir uma emergência, pode ser usado como um projétil conveniente e perigoso. Se arremessá-lo contra uma criatura, deve rolar menos que sua Habilidade com dois dados para atingir seu alvo. Se for bem-sucedido em atingir a criatura, causa 2 pontos de Energia de dano. Porém, se atirar o orbe, também deve rolar um dado para verificar se ele se quebra ou não. Se a rolagem for ímpar, ele se estilhaça com o impacto. Vá para **86**.

89

"Então o analandense tem o Anel das Serpentes!", sibila a serpente, pairando no ar. "Devo lhe dizer que o Arquimago não é o que parece, pois isso vai avisar ele de sua presença em Mampang. Mas você nunca vai chegar vivo à fortaleza!" Volte para **103**.

90

Você pula para o outro lado da árvore caída e olha para o espaço onde imagina que seu agressor esteja. Uma forma se materializa à sua frente. Um animal peludo, mais ou menos do tamanho de um cachorro grande, surge. Seus pelos têm reflexos amarelos e o focinho achatado o enfeia. Porém, sua bocarra revela o perigo — dentes pontiagudos e afiados! A criatura parece um pouco tonta pelo seu golpe, mas o observa. Quando percebendo que você pode ver ela, fica de pé e fecha os olhos, como que se concentrando. Você se prepara, mas um barulho na vegetação rasteira atrás de onde a criatura estava indica que ela está fugindo. Abaixando sua arma, você olha para seu braço. Está dolorido, mas sem nenhum ferimento sério. Você o esfrega por alguns instantes e então pega sua arma e se prepara para continuar. Vá para **25**.

91

Você se adianta para fora do esconderijo e olha para os goblins. Seu surgimento repentino os surpreende. Qual vai ser sua próxima ação? Sacar sua arma (vá para **194**), tentar falar com eles (vá para **138**) ou lançar uma magia?

GOB	NIF	POP	RAP	NIP
459	**331**	**484**	**396**	**347**

92

Um pouco mais adiante, o caminho se divide em três. Você vai pegar a trilha à esquerda (vá para **244**), a trilha à direita (vá para **274**) ou a trilha do meio (vá para **146**)?

93

O pêndulo de bronze é exatamente isso: uma bolinha de bronze presa a um cordão. Agora, vá para **86**.

94

Você está viajando há quase um dia. Vai se ajeitar e dormir durante a noite ou deseja ficar acordado, para o caso de haver perigo, enquanto não conseguir abrigo? Se optar por dormir, vá para **16**. Caso contrário, vá para **122**.

95

Você continua pelo início da noite até que fica difícil enxergar. Vai se ajeitar para dormir durante a noite (vá para **224**) ou seguir sem descanso (vá para **302**)?

96

Você deve lançar sua magia rápido, pois a serpente está atacando.

MAG	JIG	KID	HOT	FOG
413	**405**	**392**	**377**	**364**

Se não souber nenhuma dessas magias, deve sacar sua arma (vá para **45**) ou, se tiver meios para fazer fogo, vá para **155**. Porém, suas tentativas de fazer magia permitem que a serpente golpeie primeiro — reduza 2 pontos de Energia a menos que saiba uma das magias acima.

97

Abrigando-se atrás da pedra, você pode aproveitar a oportunidade para comer provisões. Se o fizer, adicione 2 pontos de ENERGIA caso ainda não tenha comido hoje, ou 1 ponto de ENERGIA se tiver comido. Depois de algum tempo, o vento começa a diminuir. Quando se prepara para sair, um estranho assobio chama sua atenção. Está vindo do outro lado da pedra e você olha cuidadosamente para saber o que está acontecendo. Então vê algo estranho: seja uma criatura viva ou uma força da natureza, um redemoinho de ar gira em uma formação na pedra. Talvez esteja preso na reentrância e não consiga girar para sair, ou talvez isso seja algo vivo e se abrigando ou se escondendo na pedra. Você deseja tentar se comunicar com o ser (vá para **267**), ignorá-lo e sair (vá para **322**) ou lançar uma magia?

RAP	HUF	MUD	HOW	YAP
421	**359**	**389**	**446**	**490**

98

Na verdade, o baque que você esperava não acontece exatamente. Em vez disso, seu coração se acelera quando a queda curta que antecipou dura mais do que devia. O chão abaixo se abriu e você caiu em uma fenda que lembra — talvez com bons motivos — uma cova recém-cavada! Porém, sua aterrissagem é suave e você se levanta de novo. O buraco tem cerca de três metros e talvez seja possível saltar e agarrar a borda para sair dele. Enquanto pensa no que fazer, um rangido abaixo o coloca em estado de alerta. A terra sacode no centro do buraco e uma protuberância rochosa sai da superfície. Você olha surpreso para a pedra lisa e recua ao escutar um som

sibilado vindo dela. Sua superfície muda de cinza para vermelha e começa a soltar vapor. A pedra está fervendo! Em pânico, você salta para agarrar a borda da superfície e sair dali. Seus dedos tocam a borda, mas, quando tenta sair, algo morde sua mão! Não é um ferimento sério, mas causa 1 ponto de ENERGIA de dano e o faz se soltar. O que vai fazer a seguir? Tentar se erguer novamente para fora do buraco (vá para **211**), esperar para ver o que acontece dentro dele (vá para **276**) ou lançar uma magia?

BAG	MUD	FOF	DOC	FIX
418	**371**	**486**	**348**	**406**

99

Os quatro felinos invisíveis se aproximam. Embora você não consiga vê-los, pode ouvir seus passos. Os snattacats vão lhe atacar um por vez. Enquanto estão invisíveis, são alvos difíceis; então, reduza 2 pontos de sua rolagem de *força de ataque*. Porém, assim que você ferir um snattacat, isso vai fazer com que ele reduza a concentração e fique visível durante a rodada de ataque seguinte. Resolva sua batalha. Cada snattacat é idêntico:

SNATTACAT HABILIDADE 7 ENERGIA 9

Se vencer, vá para **187**.

100

Você agarra a mochila e se segura. A serpente bate suas poderosas asas e consegue erguê-los no ar! Ela segue para norte e voa, vagarosa, noite adentro. Enquanto isso, você luta para se segurar bem. Ela deve estar planejando levá--lo ao Lago Ilklala! Uma rajada de vento corta o caminho da serpente. É tão poderosa que quase apaga as chamas da criatura e você consegue distinguir o corpo vermelho natural dela no meio do fogo. Mas o jato de vento não foi uma coincidência. Você agora está sendo levado por uma tremenda ventania, que o sopra de um lado para outro. Um gosto de terra em sua boca confirma suas suspeitas: você foi levado direto para uma tempestade de areia! Com os olhos bem fechados, você percebe que a serpente está enfrentando essa tempestade de areia com muita dificuldade. Vocês de repente caem por um instante no ar até que a criatura se estabilize. Então caem novamente, mas dessa vez por mais tempo, e o medo o faz abrir os olhos. Logo acima, a areia está apagando o fogo da serpente, que bate as asas, desesperada para ficar voando. Vocês caem cada vez mais rápido. As chamas da serpente se apagam enquanto os dois caem pelo ar, caindo, caindo e caindo. Com um baque, você chega ao solo. Vá para **287**.

101

Não parece haver quase nada mais de interessante na edificação. Você vai ler os hieróglifos (vá para **272**), investigar o alçapão (vá para **180**), sair e olhar o poço (vá para **23**) ou sair da área (vá para **309**)?

102

Você espera por horas, olhando pelas Baklands escuras. O cansaço dessa provação toda é tremendo e sua força começa a falhar. Em pouco tempo, você nem está raciocinando direito mais e sua consciência se apaga. Os abutres carniceiros acima, circundando e grasnando, vão descer daqui a pouco para garantir que você nunca acorde. Sua missão acabou.

103

Quando você saca sua arma, a serpente dá o bote! Mas alguma coisa estranha aconteceu. Você a viu começar a se mover e agora pode vê-la flutuando com sangue pingando das presas — mas não viu nada entre uma coisa e outra! Você percebe, aos poucos, uma dor no braço. Ela vai aumentando até ficar insuportável, sua boca se abre para dar o grito e sua cabeça se vira para ver seu ferimento. Para seu horror, você percebe que está se mexendo e reagindo a uma fração de sua velocidade normal! Um ferimento profundo em seu braço sangra, mas o sangue escorre com uma estranha lentidão e cada gota cai no chão como uma pena. Quando seu grito de dor finalmente atravessa seus lábios, parece um rosnado baixo. O que está acontecendo? Sua cabeça se vira para olhar para a serpente. A criatura está cortando os céus, rápida, olhando para você e esperando a hora de dar o próximo bote. De repente, a língua dela está de novo lambendo suas presas ensanguentadas. Ela o golpeou de novo! Porém, dessa vez, a mordida não foi em seu braço. Não; a dor vem, vagarosa, de seu pescoço. Você percebe a dor e começa a perder a consciência. Este é um ferimento do qual não vai se recuperar. A Serpente do Tempo fez mais uma vítima.

104

A visão à sua frente parece ser uma aparição da morte e você se adianta com cuidado. Aparições da morte são seres mortos-vivos poderosos. Ela ainda acena em sua direção com o dedo, mas, quando você se aproxima, abre os braços para agarrá-lo. É preciso agir rápido. Você vai:

Sacar uma arma de prata? Vá para **84**

Sacar uma arma normal? Vá para **32**

Preparar uma magia? Vá para **310**

105

Você espera um tempo, mas nada vem. Então, decide seguir cuidadosamente na direção de onde vieram os goblins. Vá para **295**.

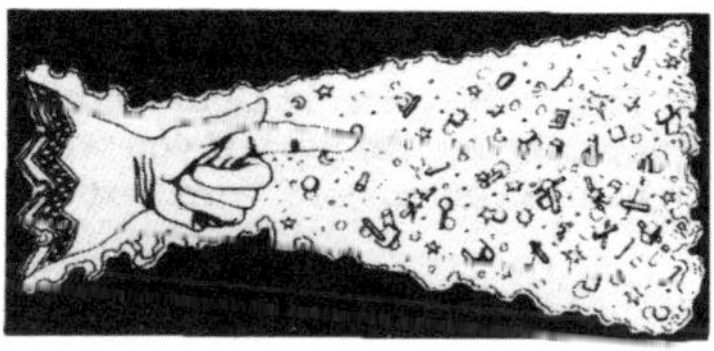

106

Você sai do arbusto estrangulador e se limpa. O caminho leva adiante, descendo suavemente. Passando por uma pequena clareira, você para e olha. Através das árvores, consegue ver a próxima etapa de sua jornada — o Lago Ilklala. É preciso atravessar o lago para chegar aos pés dos Xamen, de onde sua jornada morro acima vai o levar para a Fortaleza Mampang. Mas está perdendo tempo. Você parte, mais uma vez, pelo mato até encontrar uma bifurcação. Vai pegar o caminho à esquerda (vá para **119**) ou à direita (vá para **274**)?

107

Andar contra o vento é muito cansativo. Reduza 1 ponto de ENERGIA. Para que lado está indo? Para noroeste (vá para **149**) ou para nordeste (vá para **73**)?

108

Ele parece ver sua recusa como um tipo de insulto e leva o cachimbo à boca. Você pode lançar uma magia:

PEP	JIG	FAR	SUS	KID
427	**353**	**450**	**408**	**388**

Ou pode esperar para ver o que acontece (vá para **248**).

109

Você deduziu, com razão, que essa criatura é uma das Sete Serpentes. Chamando-a nos galhos, você ergue o anel. A serpente se retrai e sibila em sua direção. "Então!", ela diz. "Você encontrou o Anel das Serpentes. Sou forçada pelo anel a lhe revelar um segredo útil. Porém, depois disso, eu vou matá-lo! Muito bem, analandense, eu posso lhe dizer isso: não coma da despensa de Throg se a encontrar em sua jornada. Porém, você nunca vai chegar a essa despensa. Eu vou cuidar disso!" Agora, volte para **123** e faça sua escolha.

110

Ele some na vegetação rasteira e reaparece alguns instantes depois puxando um barco pesado. "Me ajuda aqui, imbecil!", ele rosna e, juntos, puxam o barco para a água e sobem nele. Ele lhe joga um remo e grita: "Pegue os remos, sua besta, e comece a remar!" De alguma forma seus maneirismos mudaram e seu tom é mais agressivo. Você vai fazer o que ele diz (vá para **293**) ou não vai aceitar ordens de alguém cujo trabalho é levar você de barco (vá para **223**)?

111

"Olá, estranho", diz o líder. "Somos centauros das Baklands. Qual é seu propósito em Baddu-Bak?" Você lhe diz que está indo para a Floresta dos Snatta e não vai lhes fazer mal. Um deles sussurra algo sobre verificar se você está carregando coisas de valor. Você vai ficar parado e esperar pelo próximo movimento deles (vá para **257**) ou sacar sua arma (vá para **313**)?

112

Os resmungos continuam. O velho elfo se adianta. "Muito bem, então, estranho", ele diz. "Talvez nossos itens o tentem, pois somos uma caravana de negócios. Nós lhe mostraremos o que temos a oferecer. Siga-me." Você o segue para fora da tenda-cozinha. Vá para **315**.

113

Você pode correr para noroeste (vá para **174**) ou fazer um desvio amplo ao redor da criatura e seguir para norte (vá para **170**).

114

Para que caminho vai agora? Para noroeste (vá para **149**) ou para norte (vá para **283**)? Você pode descansar e comer provisões, se quiser, e, se o fizer, ganha 2 pontos de ENERGIA se esta for sua primeira refeição de hoje ou 1 ponto de ENERGIA se já tiver comido.

115

Você sobe a inclinação até a rocha, que agora está quase perdendo o equilíbrio. A cobrinha em sua perna ataca, cravando as presas e fazendo-o se encolher de dor. Reduza 2 pontos de ENERGIA. Você para e esfrega seu ferimento e, quando o faz, o chão se abre aos seus pés. Você cai em uma fenda que fecha ligeiramente e prende sua perna! Você puxa com firmeza, mas sua perna está bem presa e o desespero começa a tomar conta quando sente seu pé esquentando. Uma das pedras brilhantes apareceu embaixo dele! Você deve pensar rápido e lançar uma magia:

ZAP	FAR	YOB	FOF	SUN
462	**438**	**362**	**390**	**375**

ou pedir ajuda a Libra (vá para **158**). Se não puder fazer nada disso, a única solução restante vai ser nada agradável. Só vai ser possível se libertar cortando fora sua perna! Se for forçado a escolher essa opção, vá para **186**.

116

O que são essas criaturas? E quem as mandou? Elas oferecem conselhos ou são perigosas? Os espíritos se levantam quando você se aproxima. Eles deslizam silenciosos pelo ar, passando direto um pelo outro e se misturando. Você agora está no centro dessa roda e olha quando eles unem as mãos e o cercam. De novo, a voz fantasmagórica fala com você: "Seu cuidado é compreensível. Mas não tenha medo. Esses não são nossos corpos naturais, apenas as cascas pelas quais nos comunicamos com mortais. Queremos ajudar. Nesses corpos, não podemos tocá-lo. Mas podemos lhe dar conhecimento. Há perigos adiante que não pode nem imaginar. Porém, conhecemos um canto mágico que vai o proteger de qualquer mal". Quer ouvir esse canto? Se sim, vá para **166**. Se não, pode lhes pedir que revelem a você suas verdadeiras formas (vá para **232**) ou se preparar para sair dali (vá para **207**).

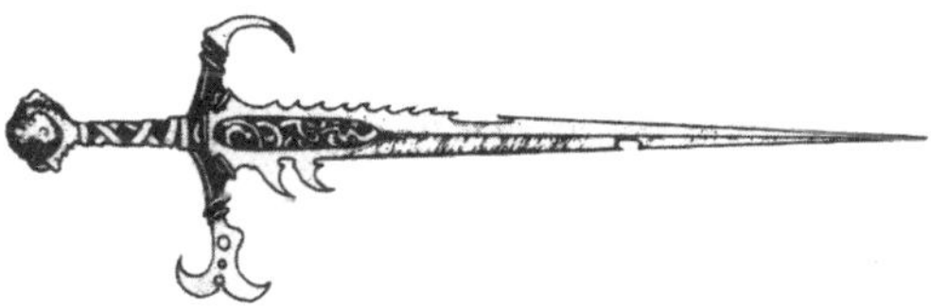

117

Mais adiante, você para quando uma cobra vermelha desliza pelo caminho. Ela o vê e também para. Vocês dois ficam se encarando por alguns segundos e a cobra segue sua jornada. Deseja sair do caminho e seguir a cobra (vá para **226**) ou seguir sua própria jornada (vá para **306**)?

118

No desespero, você se agarra à lateral do barco e bem na hora encontra algo em que segurar. O barco se agita por alguns instantes e então se ajeita. As águas ficam calmas. Um silêncio antinatural está no ar. Você desconfia de que algo ainda mais perigoso está prestes a acontecer. Vá para **303**.

119

O caminho segue, tortuoso, pela floresta. Em dado momento, ele dá a volta em uma pequena elevação e um som o faz parar. Algum sentido interior recomenda cuidado quando você vai, furtivo e lento, em torno da elevação. Do outro lado há uma porta de madeira. Sons de dentro indicam que alguém ou alguma coisa está ali. Você deseja se esgueirar até a porta para ver o que está acontecendo (vá para **171**) ou vai seguir furtivo para fora dali e continuar pelo caminho (vá para **92**)?

120

Você se levanta e pega suas coisas, tentando escutar com cuidado outros sons suspeitos. Até que ouve um! Um rosnado baixo e gutural vem de alguma coisa bem perto de você. Mas não há nada ali! O rosnado se torna um rugido e algo dispara pelo ar e se prende ao seu braço! Ainda assim, você não vê nada; um animal invisível está com suas presas firmes em você. O sangue atravessa sua túnica, então você saca sua arma e a acerta com força onde a cabeça do animal deve estar. Ele uiva e se solta, permitindo-lhe que corra pelo caminho. Mas deve reduzir 3 pontos de ENERGIA pelo ferimento. Vá para **271**.

121

Ele pensa por um instante e então assente com a cabeça. "Talvezzzzz possssssamosssss fazzzzer trocassss", ele diz. Então, afasta um pouco de terra da parede do buraco e puxa uma sacola, oferecendo-lhe um vidro de algum líquido. "Isssssssso é água abençoada de Daddu-Yadu", continua. Ele se dispõe a trocá-la por quaisquer dois itens em sua mochila (mas não ouro ou provisões). Troque se quiser, então saia e vá para **318**. Se quiser roubar do encantador de serpentes a água abençoada e sua flauta de bambu, vai ter de fingir sair e saltar sobre ele com sua espada de cima do buraco (vá para **218**).

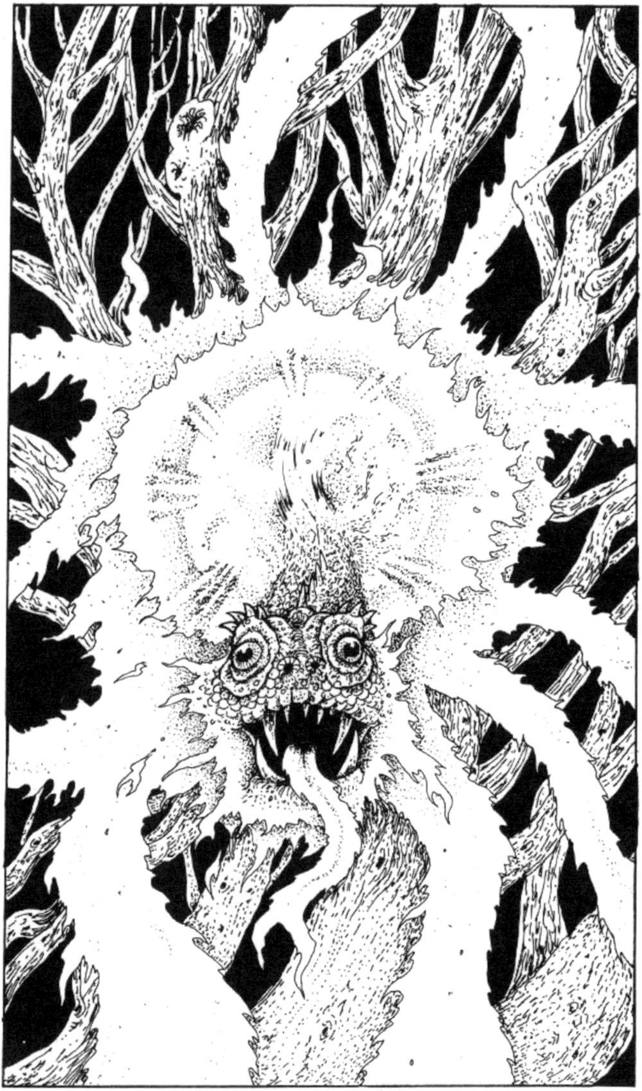

122

Você continua noite adentro. Reduza 2 pontos de ENERGIA por ficar sem dormir e outros 3 pontos de ENERGIA se não tiver comido nada ontem. Vá para **230**.

123

Você se aproxima da árvore e olha para os galhos, tentando encontrar a cobra. Consegue enxergar algo vermelho ali, mas há algo errado. A faixa vermelha grossa que você viu não pode pertencer à cobrinha que estava seguindo. Então, acontece... do nada, a parte superior da árvore explode em chamas! Um clarão de fogo sai da árvore e o atinge antes que possa se esquivar. Você grita quando seus cabelos e suas sobrancelhas são queimados. Role um dado. Uma rolagem de 1 a 4 indica o dano das queimaduras: reduza esse número de pontos de ENERGIA. Um 5 ou 6 afeta seus olhos: reduza 3 pontos de ENERGIA e 1 ponto de HABILIDADE. Porém, logo depois de começar, a chama some, deixando uma árvore esturricada. A folhagem queimada lhe permite enxergar mais acima dos galhos, de onde a cobra o observa. Ela aumentou dez vezes de tamanho e duas asas se dobram às suas costas. Seus olhos o vigiam como se ela estivesse decidindo sua próxima artimanha. Você vai sacar sua arma e subir na árvore para enfrentá-la (vá para **42**) ou lançar uma magia?

HUF NIF HOT FAL ZAP

474 **434** **411** **336** **460**

Ou tem alguma outra coisa em mente (vá para **197**)?

124

O anel tem uma pequena pérola nele. Você pagou um bom preço por uma bela joia. Se em algum momento quiser vendê-la ou barganhar com ela, ela vai valer 10 peças de ouro. Agora, vá para **86**.

125

A parte interna do vagão é decentemente limpa e você se ajeita para dormir, acordando na manhã seguinte. Adicione 3 pontos de Energia pelo descanso. Você comeu ontem? Se não, deve perder 3 pontos de Energia, pois agora tem fome. Como ainda não confia nos elfos das trevas, você decide partir, furtivo, na luz do início da manhã. Vai seguir uma longa trilha para noroeste (vá para **47**), em marcha para norte-noroeste (vá para **15**) ou para nordeste (vá para **73**)?

126

Você coloca a mão para sentir a sucção por cima do redemoinho. É bem forte. De repente, o assobio fica muito mais agudo e a coisa gira a uma velocidade tremenda. A força sobre sua mão o pega de surpresa e o puxa para frente. Do nada, você está preso! O que quer que seja o puxou para dentro com tanta velocidade que você fica inconsciente antes de perceber o que aconteceu. Sua curiosidade lhe custou sua missão — e sua vida...

127

A serpente ruge e sibila quando você a ergue no ar. Porém, fora do chão, seu poder se vai. A terra-viva se aquieta e a própria serpente encolhe de novo, ficando do tamanho da cobrinha de antes. Com ela agarrada pelo pescoço, é bem fácil destruí-la. Vá para **220**.

128

Você se apressa, tentando evitar a tempestade antes que ela piore. Role dois dados e compare o total com sua pontuação de HABILIDADE. Se sua rolagem for menor do que sua pontuação de HABILIDADE, vá para **65**. Se sua rolagem for igual ou maior do que sua pontuação de HABILIDADE, vá para **328**.

129

Quando você ergue o anel, a serpente sibila alto. "Aventureiro estúpido, seu anel não vai o proteger de minha ira. Sua morte é certa, mas pelo seu poder eu devo lhe revelar meu segredo. Quatro guardas protegem a entrada da Fortaleza Mampang. Mas essa informação não vai ajudar você em nada, pois nunca vai chegar à Grande Fortaleza." Agora volte para **143** para lidar com a serpente.

130

O Anel das Serpentes que recebeu vai ser um item valioso nesta parte de sua jornada, pois ele tem poder sobre as serpentes do Arquimago. Se você confrontar as serpentes enquanto usa esse anel, pode lhes ordenar que revelem informações úteis. É possível fazer isso da seguinte maneira: em certas referências, quando confrontar uma serpente (essas referências sempre vão terminar com um número 3), você pode ordenar que a serpente revele sua informação subtraindo 14 do número da referência e vá para ela. Se quiser fazer isso, deve se lembrar dessa instrução, pois não vai haver opção de fazer isso no texto. Se não tiver o Anel das Serpentes, é proibido que descubra essas informações, e você não devia estar lendo esta referência.

131

A serpente concorda com seus termos. Você coloca a pele de volta e a criatura desce voando, como se entrasse em seu próprio corpo. Porém, em vez de cumprir sua promessa, a serpente vai na sua direção e enrosca o corpo enevoado em seu rosto! Você tosse enquanto seus pulmões absorvem o gás pungente, lutando para se livrar, mas não adianta: a serpente está bem presa ali. Você cai. Instantes depois, fica inconsciente e, minutos depois, está morto. Que imbecilidade sua confiar em uma das Sete Serpentes!

132

"Cruzar o Ilklala?", ela pergunta. "Pode ser cruzado, mas só se você conseguir chamar o barqueiro. Tenho um apito que você pode soprar para chamá-lo. Cobro por ele apenas 2 peças de ouro. Ou troco por algo que tenha que me possa ser útil." Você pode trocar qualquer um de seus artefatos para magias pelo apito, mas ela não se interessa por quaisquer itens não mágicos. Troque, se quiser, e então vá para **324**.

133

Quando você chega à floresta, o ar está ficando mais frio e a noite se aproxima. Vai ser preciso decidir entre acampar na entrada da floresta durante a noite e seguir sem descanso. Se quiser parar para comer e descansar, vá para **55**. Se preferir seguir noite adentro, vá para **159**.

134

A criaturinha está pedindo um presente como sinal de amizade. Você vai lhe dar algo? Se o fizer, deve ser algo razoavelmente valioso (e não comida ou um objeto inútil). Se optar por lhe dar um presente, vá para **50**. Se não quiser dar presentes valiosos a ilustres desconhecidos, pode recusar (vá para **210**).

135

Você corre para frente, mas precisa pular rápido para evitar que o pilar que está caindo o atinja. Uma pedra grande acerta seu ombro e lhe causa outros 2 pontos de ENERGIA de dano. A edificação toda agora treme e sua rota de fuga foi cortada! Daqui a pouco o teto vai cair em sua cabeça! É preciso pensar rápido para encontrar um jeito de evitar a morte certa. Você vai:

Voltar para os hieróglifos e continuar a ler?	Vá para **164**
Rezar para que Libra o ajude?	Vá para **320**
Rezar para essa nova deusa para que ela o poupe?	Vá para **206**

136

Você se agacha em uma moita de caniços para esperar que seus visitantes cheguem. Minutos depois, alguns goblins-do-pântano, criaturas feias e com narizes achatados e mãos com nadadeiras, chegam à clareira e param. Estão arfando muito, como se estivessem sendo perseguidos. Falam uns com os outros, mas você não consegue entender seu idioma. Vai esperar até que partam (vá para **292**) ou se adiantar e se revelar para eles (vá para **91**)?

137

Algumas centenas de metros à sua frente fica um acampamento com vagões e carruagens cobertos, dispostos em um círculo. Uma fogueira crepita no centro e é possível ver pessoas andando por lá. Você anda para a caravana. Sua aproximação é percebida e uma seta voa e finca o solo à sua esquerda. Outra atinge o chão à sua direita. Você vai erguer suas mãos para mostrar que não

lhes deseja fazer mal (vá para **259**) ou refazer seus passos e dar a volta ao redor do acampamento (vá para **61**)?

138

Você tenta algumas palavras de saudação, mas eles não o entendem. Em vez disso, eles gritam em um idioma que você próprio não entende, a menos que conheça uma magia de interpretação. Volte para **91** e escolha novamente.

139

O urso se ergue em duas pernas e avança. Seus dentes e garras afiadas são armas perigosas. Resolva seu combate.

URSO SELVAGEM HABILIDADE 8 ENERGIA 8

Se derrotar a criatura, vá para **20**.

140

Como você suspeitava, o tom ameaçador deles era apenas para amedrontá-lo. Seus corpos sem vida não eram uma ameaça real. Alguns metros adiante, você olha para trás. Eles sumiram! Você segue seu caminho para a próxima etapa de sua missão: a Floresta dos Snatta. Vá para **133**.

141

Pedras grandes e pequenas foram levadas voando na tempestade de poeira. Abrigando-se em sua fenda e cobrindo a cabeça, você ainda tem chance de ser ferido por elas. *Teste sua sorte*. Se for *sortudo*, nada o fere. Se for *azarado*, deve perder 2 pontos de ENERGIA pelas pedradas. Então, precisa esperar a tempestade de poeira diminuir. Vá para **10**.

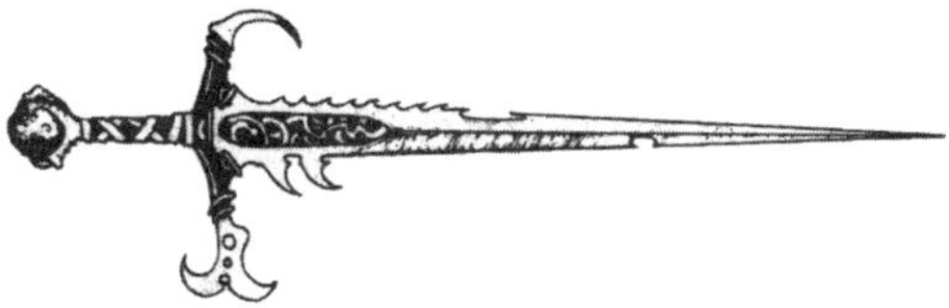

142

Ele não está interessado em nada na sua mochila e pega o cachimbo novamente. Deseja ficar, observá-lo e talvez lhe perguntar se ele pode ajudá-lo (vá para **7**) ou vai sair do buraco agora (vá para **318**)?

143

Em um instante, seu mundo fica escuro, como se o sol tivesse sido apagado igual a uma vela. Um sibilado aumenta cada vez mais e uma lua brilhante surge sobre você. A forma redonda se desenrola e uma enorme Serpente da Lua bruxuleante flutua no ar acima, em asas iridescentes. Está preparada para dar o bote! Você vai:

Sacar sua arma?	Vá para **45**
Lançar uma magia?	Vá para **96**
Ou tem meios para fazer fogo?	Vá para **155**

144

Você segue pela noite. Barulhos estranhos flutuam pelos campos, deixando-o aliviado por ter decidido continuar. Porém, ao amanhecer, sua falta de sono o afeta. Reduza 2 pontos de Energia e outros 3 pontos de Energia se não tiver comido nada ontem. Você segue viagem. Vá para **11**.

145

Você desce as escadas. "Não acredito! Não creio em meus olhos! Outro humano!", gagueja o homem, feliz. "Estranho, por favor, liberte-me de meus grilhões e deixe-me viver de novo no mundo da luz!" Ele está acorrentado à parede pelo calcanhar. A corrente é fina e fácil de quebrar acertando-a com sua arma. Porém, você acha tudo meio suspeito e lhe pergunta primeiro como ele acabou acorrentado embaixo desse lugar. "Foram os klattaman. Malditos klattaman!", ele pragueja. "Foram eles que saquearam esse templo, roubaram tudo de valor e deixaram a mim, clérigo de Throff — meu nome é Shalla, por sinal — acorrentado. Um prisioneiro em meu próprio templo!" A história dele parece ser honesta. Você vai libertá-lo como ele pede (vá para **40**) ou deixá-lo ali (vá para **262**)?

146

Você chega a uma clareira onde pode parar para descansar e comer. Se quiser comer provisões aqui, adicione 2 pontos de Energia caso ainda não tenha comido hoje ou 1 ponto de Energia se já tiver feito uma refeição. Quando terminar, vá para **20**.

147

Você amarra o barco em um canto com um abrigo e atravessa o Pântano Vischlami. *Teste sua sorte*. Se for *sortudo*, vá para **182**. Se for *azarado*, vá para **253**.

148

Escondendo com cuidado sua areia da criatura, você sobe a árvore. Quando ela o vê subindo, salta dos galhos para o chão embaixo. Na hora, você desce, antes que a criatura possa criar seu fogo de novo. No chão, vocês se encaram, esperando um movimento. Em um instante, a serpente explode em chamas e estende as asas. Rapidamente, você joga sua areia nela. A criatura guincha e grita com a areia a cobrindo. As chamas somem. As asas também. Diante de você está a cobrinha vermelha que estava seguindo antes! Você saca sua arma para finalizar o trabalho.

COBRA	Habilidade 5	Energia 6

Se matar a cobra, vá para **306**.

149

A grande floresta adiante está a menos de uma hora de caminhada agora; sua viagem pelas Baklands está quase no fim. Porém, à sua frente, bloqueando sua passagem, há uma pequena vila. Cabanas agrupadas de forma aleatória feitas de galhos e folhagem indicam que os habitantes são relativamente primitivos. Deseja entrar na vila (vá para **19**) ou fazer um desvio para nordeste para evitá-la (vá para **283**)?

150

Você enxerga a Rocha Rabo de Peixe um pouco adiante. Seu nome é justo, com dois picos, como se um enorme peixe tivesse sido meio que enterrado na planície. Uma fogueira está do lado de fora da entrada de uma pequena caverna. Você chama o ocupante dessa morada e um velho sai dali. Você reconhece o rosto do espírito da árvore! Deve ser o próprio Shadrack.

"Eu o esperava", ele diz, o saudando. "Sei de sua jornada de Kharé. Seja tolice ou bravura o que o faz atravessar as Baklands, devo avisá-lo que ninguém de Analand cruzou Kakhabad sozinho e sobreviveu. Venha, vamos conversar ao calor da fogueira. Posso lhe servir de ajuda. E, de minha parte, quero saber o que está acontecendo no Porto."

Você conversa por algum tempo, dando a ele notícias sobre o mundo lá fora. Ele lhe oferece uma refeição, que você come, adicionando 2 pontos de ENERGIA se não tiver comido hoje (ou 1 ponto de ENERGIA se já tiver). Você está ansioso para saber sobre as mensageiras de Mampang.

"Ah, as Sete Serpentes", ele começa. "De fato, estão nas Baklands. Mas eu não sabia que são as notícias de sua jornada que elas levam de volta a Mampang. Deixe-me lhe dizer o que sei sobre elas, pois não sou amigo delas.

"Reza a lenda que, há cerca de doze anos, o Arquimago de Mampang enfrentou e matou uma poderosa hidra que morava nas cavernas do Alto Xamen. Essa criatura era um inimigo tão formidável que o Arquimago levou suas sete cabeças para Mampang, onde usou suas artes das trevas para ressuscitá-las como sete serpentes aladas. Elas se tornaram suas mensageiras pessoais e, como ato de fé, ele dedicou cada uma a um de seus próprios deuses. Em troca, os deuses concederam seus próprios poderes a essas criaturas horríveis para ajudar o Arquimago. O poder do sol foi concedido à Serpente do Sol, assim como o da lua à Serpente da Lua. Terra, água, fogo e ar se tornaram os poderes de quatro outras serpentes, e a última, a Serpente do Tempo, recebeu talvez o maior poder. Cada uma, porém, tem sua própria fraqueza. Descubra essas fraquezas e vai poder derrotar as criaturas, mas, de outra forma, nenhum mortal tem qualquer chance contra seus poderes. As serpentes guardam a sete chaves o segredo de suas próprias vulnerabilidades. Eu mesmo sei de apenas uma: a Serpente do Ar pode sair de seu corpo e se tornar uma forma gasosa. Porém, nesse estado, ela morre a menos que possa entrar de volta em seu corpo dentro de minutos. Destrua seu corpo desprotegido e vai destruir a criatura."

É tarde. Você passa a noite na caverna de Shadrack e adiciona 3 pontos de ENERGIA. Na manhã seguinte, parte novamente. Mas, antes que vá, Shadrack lhe oferece uma corneta dos ventos ornamentada para ajudá-lo em sua jornada. Você agora vai para norte (vá para **85**) ou voltar para a trilha principal (vá para **230**)?

151

"Oh, sim!", ele continua. "Talvez possamos providenciar um encontro seu com as Sete Serpentes. E..." Ele estala os dedos nas costas. "E antes do que você imaginava. Guardas!" Em um instante, cinco elfos das trevas fortes o seguram. Você tenta pegar sua arma, mas não consegue mexer os braços. "Sim", diz o velho elfo, rindo. "Vamos garantir que nosso amigo encontre as Sete Serpentes!" Os guardas prendem suas mãos e começam a trabalhar, preparando uma cruz de madeira alta. Eles amarram seus braços e pés muito bem na cruz, prendem com pregos uma bandeira preta em cima e a fincam no solo, deixando você dependurado. E você não tem como impedir. Abaixo, os elfos das trevas riem e tiram sarro. "Que o Arquimago saiba quem entregou seu inimigo!", proclama o velho elfo. "Teremos nossa justa recompensa!" Pouco depois, a caravana junta as coisas e parte, enquanto você fica dependurado — dolorosamente — em sua cruz. Reduza 4 pontos de ENERGIA. Quando eles se vão, você pode esperar para ver o que o destino lhe reserva (vá para **102**) ou, se puder, pedir a ajuda de sua deusa (vá para **243**).

152

Você come sua comida. Se esta for sua primeira refeição do dia, adicione 2 pontos de ENERGIA. Se já tiver comido, adicione 1 ponto de ENERGIA. Você se senta em uma pedra sem vegetação e olha para o mato à sua frente, com seus pensamentos concentrados na Floresta dos Snatta, pela qual precisa passar. Um barulho de arranhar chama sua atenção do outro lado da pedra, fazendo-o se inclinar para frente. Dois olhos escuros o observam! Com um salto repentino, uma raposa de pelagem vermelha salta de sua toca e o encara. Com certeza sua comida a atraiu. Você vai lhe jogar um pouco de comida (vá para **80**), lançar uma magia (vá para **179**) ou sacar sua arma para atacá-la (vá para **256**)?

153

A cota de malha cabe com perfeição em você. Pode vesti-la daqui por diante, e ela vai ajudar a protegê-lo em batalhas. Adicione 1 ponto de HABILIDADE enquanto estiver vestindo esta armadura e, se for ferido em batalha, a cota de malha pode ajudar a minimizar o dano. Role 1 dado após cada ferimento. Se rolar 5 ou 6, a cota de malha vai absorver a maior parte do golpe (reduza apenas 1 ponto de ENERGIA em vez de 2). Se rolar de 1 a 4, o dano vai ser normal. Agora, vá para **86**.

154

Você pausa para descansar após a batalha. Enquanto o faz, examina as posses dos centauros e encontra 4 peças de ouro, uma bolsa com uma fina areia marrom e uma massa de pelos verdes. Olhando melhor, é uma peruca. Você pode ficar com tudo isso e então partir novamente. Vá para **273**.

155

Você coletou uma caixa para fogo ou pólvora instantânea na jornada? Ou tem outros meios de criar chamas? Se sim, pode usá-los contra a Serpente da Lua, que tem fraqueza contra o fogo. Brandindo o poder ígneo, você pode lutar contra a forma enfraquecida dela:

SERPENTE DA LUA HABILIDADE 7 ENERGIA 6

Se derrotar a serpente, vá para **62**.

156

Você corre para o alçapão e o abre. Os degraus descem e no final: "Aaaaaaaaaaaaa!". Duas vozes gritam. Uma é a sua, mas a outra é de quem? Na base da escadaria há um homem seminu com longos cabelos cinzentos e uma barba. "Rápido!", ele grita. "Grite 'Throff' e repita três vezes! Depressa!" Você faz o que ele diz e logo o templo volta a ficar silencioso. Você dá um suspiro de alívio e se vira para agradecer ao velho. Vá para **145**.

157

Você se esgueira lentamente até chegar a menos de um metro. A coisa não se move, mas mas continua girando rápido. Você observa por um tempo, tentando discernir o que é, porém ainda é um mistério. Uma mosquinha passa pelo redemoinho e é sugada para ele, mas ele parece não ter qualquer interesse no que há em volta. Deseja tocá-lo (vá para **126**) ou vai deixá-lo quieto e seguir sua jornada (vá para **322**)?

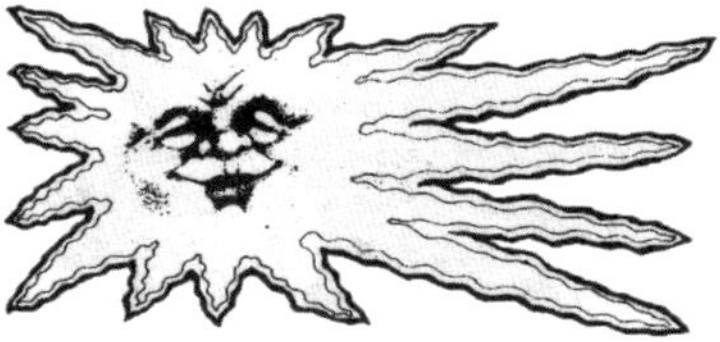

158

Você rapidamente murmura uma prece silenciosa para sua deusa. A dor em seu pé aumenta (reduza 3 pontos de Energia), mas você dá um suspiro aliviado quando o solo à sua volta range e a pressão cessa. Sua deusa veio em seu auxílio! Seu pé se solta e uma voz suave sussurra em seu ouvido: "Meu leal servo, posso salvá-lo só desta vez nas Baklands, mas agora você está sozinho até a Fortaleza Mampang. Deixo-o com este conselho: seus problemas atuais são causados pela Serpente da Terra. Destrua-a erguendo-a no ar, pois seu poder vem do próprio solo." Você agora deseja sair desta área assim que possível (vá para **165**) ou deseja procurar a Serpente da Terra (vá para **307**)?

159

É uma caminhada lenta ir tateando pela floresta no escuro. Você começa a seguir uma trilha, mas é difícil ver na noite sem lua e o caminho logo se perde. Pode parar para comer provisões (adicionando pontos de Energia se o fizer: 2 pontos se não tiver comido hoje ou 1 ponto se esta não for sua primeira refeição). Se não tiver comido durante o dia, perde 3 pontos de Energia, pois agora tem muita fome. Também perde 2 pontos de Energia por ficar sem dormir. Chega um momento em que o amanhecer surge. Você não fez muito progresso, mas, depois de procurar por meia hora, encontra o caminho de novo. Vá para **13**.

160

Você descansa por um instante e então julga prudente partir assim que possível. E é o que faz, seguindo a trilha. Vá para **271**.

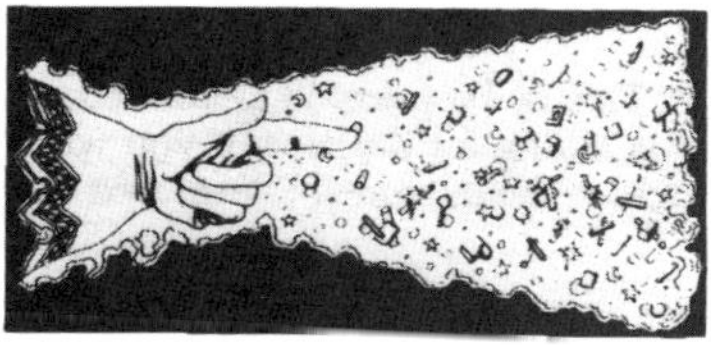

161

Quando as Sete Serpentes são mencionadas, ele estreita os olhos em sua direção. A música que ele toca fica mais rápida e suas cobras de estimação deslizam até você. Vá para **202**.

162

Você permite que seu visitante se aproxime. Quando ele chega mais perto, é possível ver que é uma criaturinha que parece um gnomo, com pele escura e traços feios. Suas perninhas se movem muito rápido e ele se sustenta em uma bengala esculpida para parecer uma serpente. Ele para na sua frente e vocês se olham. Em silêncio, você se pergunta se ele é amigo ou inimigo. "Ora, sou o que quiser!", diz a criatura, com uma voz esganiçada. "Se for 'amigo', mostre-me sua amizade! Dê-me um presente de saudação! Ou se for 'inimigo', então saia de minha vista! Suma de meu caminho!" Você vai tratar a criaturinha como amigo (vá para **134**) ou inimigo (vá para **210**)?

163

A sopa de bagaço é quente e nutritiva. É uma sopa de vegetais de uma cor cinza-cremosa. Às vezes tem um efeito estranho em quem não a comeu antes. Role um dado. Se rolar de 1 a 5, vá para **231**. Se rolar 6, vá para **18**.

164

Você se esgueira com cuidado até a parede que tinha essa valiosa informação escrita. Porém, boa parte dos escritos foi destruída. Porém, o fim da mensagem ainda está intacto. E diz: "...a morte será certa a menos que a vítima entoe o nome da deusa três vezes em voz alta".

Você se lembra do nome da deusa? Se sim, repita-o três vezes e vá para **9**. Se não conseguir se lembrar do nome, terá de rezar para Libra (vá para **320**) ou pedir a essa deusa por piedade (vá para **206**). Você pode verificar o nome da deusa na referência **189** — mas seja honesto e faça isso só depois que o tiver repetido.

165

Diante de você, talvez a uma hora de caminhada, está a borda da Floresta dos Snatta, a próxima etapa de sua jornada. Após um breve descanso, você se prepara e parte na direção do aglomerado de árvores. Vá para **133**.

166

"Muito bem", sussurra a voz. "Ouça com cuidado e repita esse encantamento comigo:

'Arbil Madarbil
Eu ofereço um sinal
Arbil Madarbil
Eu não lhe venero

Embora, Arbil Madarbil,
Eu não lhe adore,
Que a fortuna me guie,
Que a S*ORTE* *me acompanhe.'"*

Você vai repetir esse verso como o espírito sugere (vá para **297**) ou não (vá para **3**)?

167

Teste sua sorte. Se for *sortudo*, vá para **27**. Se for *azarado*, vá para **77**.

168

Você vai depressa para os caniços e fica aliviado ao perceber que os goblins não têm interesse em segui-lo. Em vez disso, partem na direção para onde iam antes. Você continua, protegido pelo pântano. Vá para **295**.

169

Você olha para o orbe e segura seu Anel das Serpentes contra a criatura aprisionada. "Maldito seja, humano!", ela rosna. "Estou presa, mas vou ser libertada. E, quando for, sua jornada vai ter sido em vão." Novamente você ergue o anel e exige que a Serpente do Sol revele seu se-

gredo. "Sou forçada a lhe dar um conselho, e eis o que lhe tenho a dizer: cuidado com o bafo dos mucalíticos. Mas não digo mais nada." Volte para **183**.

170

Você continua por algumas horas até que a escuridão da noite se espraie por sobre a terra. Porém, não há abrigo em lugar nenhum. Vai acampar durante a noite para descansar e comer (vá para **225**) ou prefere seguir noite adentro (vá para **255**)?

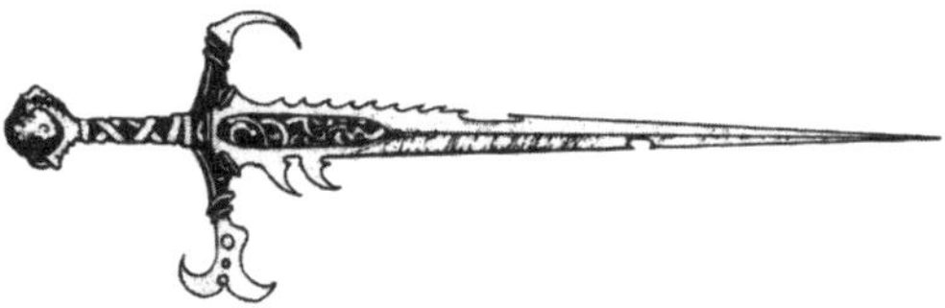

171

Você não enxerga nada pela porta. Vai ter de sair da área (vá para **92**) ou abrir a porta (vá para **265**). Se quiser entrar, pode achar prudente lançar uma magia primeiro:

TEL	DOP	POP	ZAP	FAR
425	**469**	**399**	**409**	**354**

172

Você pode sacar sua arma e enfrentar a criatura.

SERPENTE DA ÁGUA HABILIDADE 10 ENERGIA 11

Ou procurar na mochila por algo que possa usar (vá para **245**). Se optar por enfrentar a serpente e vencer, vá para **75**.

173

As criaturas parecem bem irritadas por sua recusa em aceitar a hospitalidade delas. Elas gritam e grunhem, bravas, enquanto você se afasta. Mas ninguém o impede. Na verdade, parecem estar mais concentradas em suas próprias picuinhas do que em você, o que lhe permite sair da vila e deixar as criaturas com suas brigas. Saindo de lá, é apenas uma distância curta que o separa da próxima etapa de sua jornada: a Floresta dos Snatta. Vá para **133**.

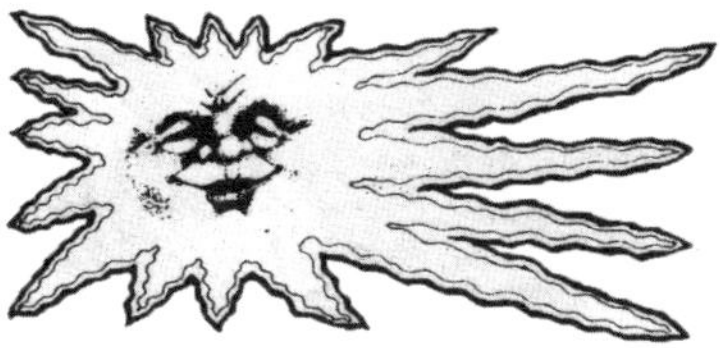

174

Enquanto você corre, o mundo fica escuro em um instante, como se o sol tivesse sido apagado igual a uma vela. O guincho agudo se torna um sibilar mais suave ao sumir na distância. Você olha para trás e, sobre você, há uma única bola brilhante no céu que se apaga. Quando ela desaparece, a luz do sol retorna. Você para e segue para noroeste, até que vê algo que o faz parar. Vá para **137**.

175

Seu movimento faz com que eles reajam apressados. Três flechas são disparadas em sua direção a uma distância perigosamente curta. Role um dado para cada flecha. Uma rolagem de 1 a 3 é um acerto, causando 3 pontos de ENERGIA de dano. Se todas as três o atingirem, você sofreu um ferimento grave — vá para **325**. Se duas, uma ou nenhuma das flechas o atingiram, você pode lançar sua magia (após sofrer o dano de ENERGIA):

ROK	DIM	FAL	DOP	SAP
495	**391**	**445**	**476**	**422**

Se não conhecer nenhuma dessas, vá para **70**.

176

Um estranho som musical de grito chega aos seus ouvidos quando você se aproxima de uma fenda natural no solo. Chegando perto, com cuidado, você olha por sobre a borda. Abaixo, há um homem magro agachado no chão e tocando uma flauta. À frente dele, seis cobras dançam e se contorcem, observando. Deseja gritar para se comunicar com ele (vá para **200**) ou saltar para o buraco com sua arma em punho (vá para **218**)? Se preferir, você também pode sair dali em silêncio (vá para **318**).

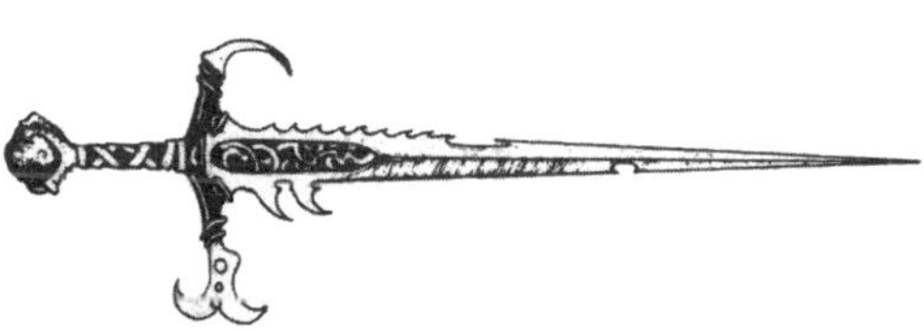

177

A corneta, na verdade, é uma corneta dos ventos, com o poder desse elemento. Porém, esse poder só está disponível para aqueles que são treinados em magia! Agora, vá para **86**.

178

Que magia vai lançar?

WAL	FOG	LAW	FIX	MUD
337	**380**	**430**	**463**	**483**

Se não conhecer nenhuma delas, você vai ter de sacar sua arma. Vá para **258**.

179

Que magia vai lançar?

GUM	NIF	FOG	HOT	YAP
497	**400**	**468**	**349**	**416**

Se não souber nenhuma dessas, pode lhe jogar um pouco de comida (vá para **80**) ou sacar sua arma (vá para **256**).

180

Você segura a alça do alçapão e testa seu peso. Puxando com força, deve ser possível erguê-lo. Fazendo todo o esforço possível, você consegue levantá-lo e abri-lo. Alguns degraus o levam para baixo e o cheiro ali é repugnante. Quando a luz inunda o lugar, é possível ver algo ali, mas você não consegue distinguir o quê. Pode ser algo vivo, mas... "Aaaaaaaaaaaa!" Duas vozes (uma delas é a sua!) gritam de medo quando seus olhos se encontram. Na base da escadaria está um velho magrelo e seminu, com cabelos longos e desgrenhados e barba. Você recua para se recompor do choque. Quer descer as escadas para ver quem é ele (vá para **145**) ou sair da construção (vá para **309**)?

181

Você protesta e a criaturinha lhe olha, incrédula. "Escute aqui, analandense, eu já lhe disse e não vou dizer de novo. Eu não ligo se seu orgulho for ferido! Isso não é nada perto do ferimento que vou abrir na sua garganta se você não der licença para que uma senhora idosa passe." A criatura toca sua arma com seu bastão. Ela vira uma cobra viva! Você a joga no chão e salta de lado e a criaturinha feia passa. Você a observa seguindo o caminho dela, apalermado. Quando a criatura já está a alguma distância, sua arma volta ao normal, permitindo-lhe pegá-la do chão e seguir viagem. Vá para **114**.

182

Em um dado momento, a água fica rasa e você pisa em solo pantanoso. Então, encontra um lugar onde pode des-

cansar e comer provisões se quiser. Se quiser parar para comer, adicione 2 pontos de ENERGIA, se ainda não tiver comido hoje, ou 1 ponto se já tiver. Quando se prepara para sair, você escuta um barulho de algo se quebrando à distância, seguido de gritos. Algo — ou um grupo de algos — está indo em sua direção. Você vai ficar onde está, mas se esconder (vá para **136**), fugir na direção oposta (vá para **270**) ou esperar para ver o que acontece (vá para **316**)?

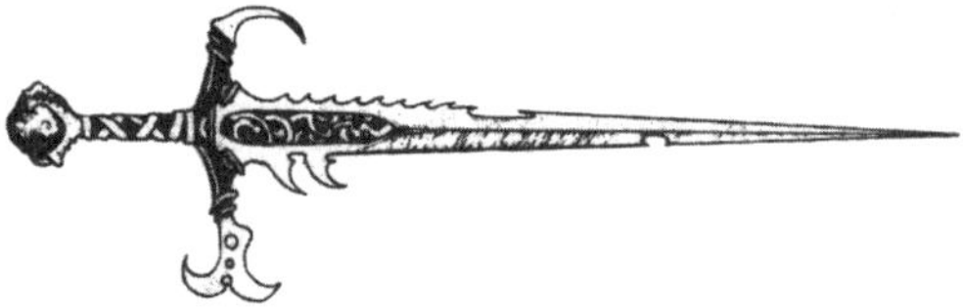

183

Você está se dando bem com ela e decide começar a falar de sua missão. Então lhe pergunta sobre as Sete Serpentes. Ela para de falar e o observa, arregalando os olhos. "Qual seu interesse nas Sete Serpentes?", ela pergunta. Você vai se arriscar e dizer a verdade? Você decide tomar mais cuidado e lhe diz que ouviu dizer que elas estão por aí e que gostaria de ver essas criaturas infames. "Posso levá-lo a uma das criaturas", ela diz. "Pois tenho um segredo. Creio que possa confiá-lo a você. As Sete Serpentes não são minhas amigas, pois, sempre que voam para Kakhabad, aterrissam nesta floresta, causando problemas. A maldita Serpente da Água matou meu pai em uma dessas visitas. Isso eu nunca vou esquecer. Meu pai não conhecia sua fraqueza, mas a Serpente da Água não suporta o óleo. Óleo e água não se misturam e é por isso mesmo que eu tenho bastante.

Pois quero vingar meu pai. Mas deixe-me mostrar o que tenho em meu orbe." Percebendo que você encontrou uma aliada útil, você explica a Fenestra que precisa matar essas criaturas. Ela sorri. "Então leve este frasco de óleo consigo em sua jornada. E que sua deusa esteja com você se encontrar a maldita criatura." Ela lhe entrega um frasco de óleo e se vira para o orbe de vidro na mesa. Então, passa as mãos na superfície, resmungando em sussurros. Uma forma começa a aparecer no orbe. Você fica de queixo caído ao distinguir a forma de uma serpente alada. "Sim", ela diz. "Tenho aqui a Serpente do Sol, atraída dos céus com uma magia de chuva. Eu lhe ofereci abrigo — pois a Serpente do Sol não aguenta água — e a prendi magicamente em meu orbe. Em algum momento, a Serpente da Água vai procurar sua companheira e, quando isso acontecer, vou estar pronta. Veja, você pode falar com a criatura se quiser." Ela olha bem dentro do orbe com um olhar de repulsa. Você agora pode lhe pedir conselhos sobre atravessar o Lago Ilklala (vá para **132**) ou lhe pedir quaisquer outros conselhos que ela possa ter sobre as Sete Serpentes (vá para **76**) ou pode sair e seguir pelo caminho (vá para **92**).

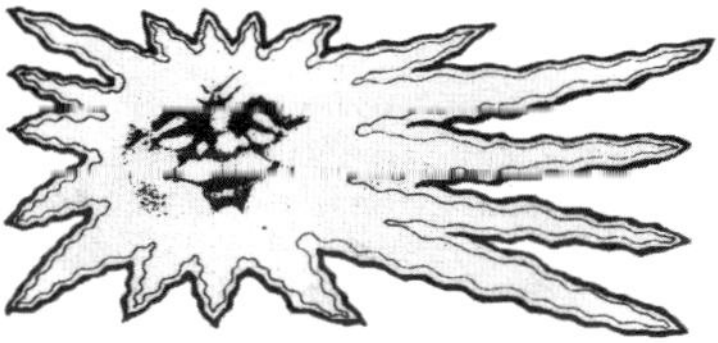

184

"Ohh, sssim", grita o encantador de serpentes. "Manata gossssta de sssssapatossss. Manata quer sssssapatosss!".

Ele diz que pode lhe dar informações valiosas se você lhe der os sapatos. Você lhe pergunta sobre que tipo de informação e ele responde: "As Ssssete Sssssserpentessss." Deseja aceitar a oferta dele (vá para **228**) ou prefere ficar com as botas (vá para **108**)?

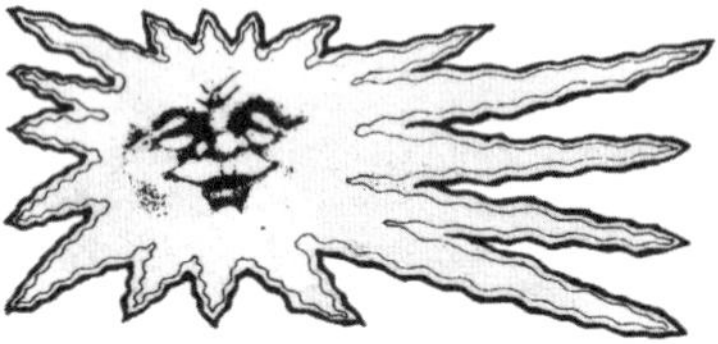

185

Você corre para a pedra e se agacha em suas fendas, escondendo-se da criatura morta-viva. Seus olhos o seguem e ela ri alto mais uma vez. Com suas mãos ossudas à sua frente, o ser as ergue no ar. Você espera e, alguns segundos depois, um som ribombante e profundo sacode a terra, fazendo-o entrar em pânico! As rochas ao seu redor estão se mexendo! Você tenta desesperadamente sair das pedras, mas sua perna está presa em uma fenda. A pedra está ganhando vida! Impotente, você vê um grande demônio de pedra se erguendo do solo em sua direção! Vai sacar sua espada para se defender (vá para **268**) ou lançar uma magia?

DUD	RAZ	ROK	ZAP	KIN
478	**372**	**352**	**455**	**382**

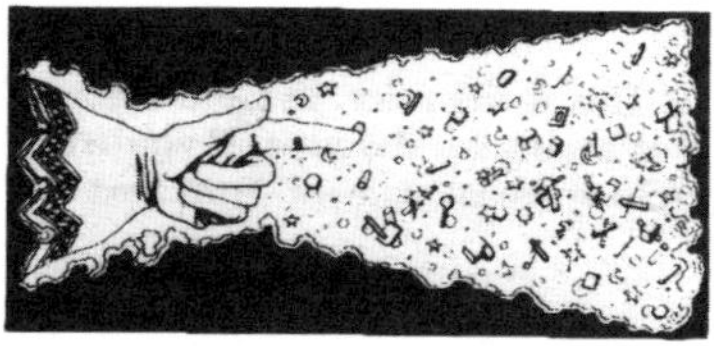

186

Com magnífica bravura, você range os dentes e deixa a lâmina fazer seu trabalho. Arfando, vê que a tarefa está concluída e está livre. Mas para quê? Certamente que, com só uma perna, você não vai conseguir concluir sua missão. Agora precisa fazer tudo o que puder para sobreviver à volta para Kharé, onde vai ter de encontrar alguém que o cure. Sua missão com certeza termina aqui…

187

Depois da batalha, você decide sair da área depressa, para o caso de outros snattacats decidirem visitar o lugar. Você segue pela trilha por alguns minutos até encontrar uma clareira adequada para tomar fôlego. Vá para **20**.

188

Os klattaman que você encontrou são um povo destemido, porém tolo. Dentro de suas tribos, a força é mais valorizada do que a inteligência. Você saca sua arma e ataca as criaturas. Cada uma delas está ansiosa em ser a que lhe dá o golpe final e todas as criaturas o atacam ao mesmo tempo. Você deve decidir a cada rodada de ataque qual dos klattaman você está atacando e conduzir a batalha do jeito normal. Role *forças de ataque* para os dois klattaman restantes. Se qualquer um deles ultrapassar sua *força de ataque*, ele lhe inflige um ferimento. Resolva seu combate.

Primeiro KLATTAMAN	HABILIDADE 8	ENERGIA 7
Segundo KLATTAMAN	HABILIDADE 8	ENERGIA 6
Terceiro KLATTAMAN	HABILIDADE 7	ENERGIA 7

Se vencer os klattaman, vá para **251**.

189

Com sua inteligência, você consegue decifrar o que está escrito. Em pouco tempo, consegue ter uma boa ideia do significado e lê em voz alta: "Este templo foi construído pelos clérigos de Yadu em honra a Throff, deusa da terra. Os que não pertencem à fé são proibidos de entrar e serão punidos adequadamente se ousarem falar o nome de Throff neste templo...". Você para, percebendo o que fez! De acordo com essa mensagem, a punição recai sobre você, já que falou o nome da deusa duas vezes e não é seu adorador! Tudo está quieto. Será que a deusa saiu daqui? Um tremor lhe dá a aterrorizante impressão de que não, não saiu: o solo está tremendo! Um barulho de algo se quebrando o faz olhar para cima a tempo de ver uma enorme placa de mármore caindo bem na sua direção! Você pula para o lado no exato momento para não ser esmagado pela enorme pedra que se parte no solo. Mas aterrissa de mau jeito, torcendo o tornozelo — reduza 2 pontos de ENERGIA. Deseja correr para a entrada (vá para **135**) ou lançar uma magia?

FOF	ROK	FIX	MAG	NEP
429	**369**	**481**	**335**	**412**

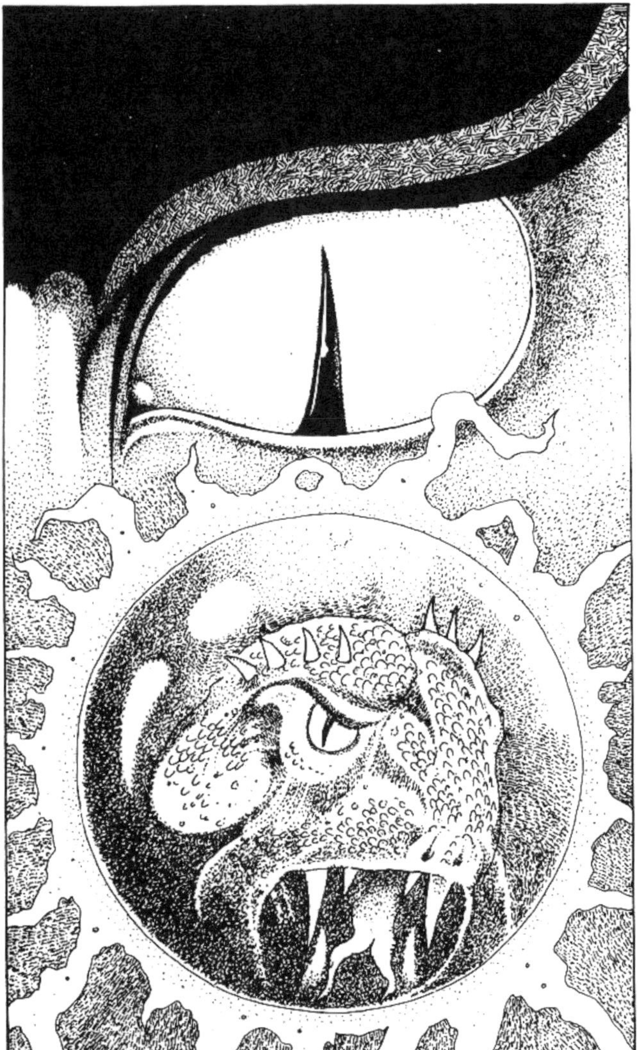

190

No final da passagem, uma pequena sala está iluminada por uma só vela em uma mesa de madeira. A luz da vela mostra uma sala suja, mas usada como residência, a julgar pela mobília espalhada. Assentada na mesa está uma criatura magrela cuja atenção está concentrada em um orbe de vidro que está em um pedestal. A criatura está resmungando algo para o orbe. Formas e cores dançam em sua superfície, mas você não distingue nada com clareza. Você vai chamar a atenção da criatura com educação para anunciar sua presença (vá para **282**) ou sacar sua arma e atacá-la (vá para **29**)?

191

Escolha rápido sua magia:

DUD	BIG	SUN	ZAP	MAG
370	**440**	**334**	**488**	**345**

Se não conhecer nenhuma delas, saque sua arma e vá para **286**.

192

Um murmúrio atravessa as pessoas em volta, que o olham com ar suspeito. "Talvez nosso amigo rico não seja tão rico assim, no fim das contas", diz um dos elfos. "Talvez nossa comida não seja boa o bastante!", diz outro. A atmosfera está ficando bem hostil. Você vai lhes dizer que gostaria de dar uma olhada em volta no acampamento deles primeiro (vá para **112**) ou lhes dizer que é um comerciante e deseja negociar pela comida deles (vá para **79**)?

193

Você deixa sua mochila e segue pela árvore, procurando com cuidado sinais do que quer que tenha causado o barulho, e não vê nada. Porém, um rugido baixo vem da área onde você estava descansando. Ainda assim, não vê nada. Sua mochila cai do tronco da árvore no chão. Há algo errado. Você está certo de que sua mochila estava equilibrada. É como se algo a tivesse empurrado. O rugido baixo se torna alto e ameaçador. Algo investe em sua direção e crava os dentes em seu braço! Um animal invisível está o atacando! Você rapidamente saca sua arma e atinge a cabeça da criatura. Ela gane e solta seu braço. Reduza 2 pontos de ENERGIA pelo ferimento doloroso. Você agora vai fugir correndo deste lugar (vá para **271**) ou prefere descobrir mais sobre seu agressor (vá para **90**)?

194

Quando você saca sua arma, os goblins também o fazem. Resolva a batalha.

	HABILIDADE	ENERGIA
Primeiro GOBLIN-DO-PÂNTANO	7	6
Segundo GOBLIN-DO-PÂNTANO	6	5
Terceiro GOBLIN-DO-PÂNTANO	6	6
Quarto GOBLIN-DO-PÂNTANO	5	6

Enfrente os goblins um por vez. Se matar todos os quatro, vá para **277**. Se a qualquer momento quiser fugir da batalha, vá para **168**.

195

O talismã da boa sorte é uma pequena cobra dourada que pode ser pendurada em seu pescoço. Na verdade, é um objeto útil que restaura sua Sorte ao seu nível inicial — mas só uma vez. Você pode usá-lo agora para restaurar sua Sorte de imediato ou esperar para fazer isso quando achar mais útil. No entanto, quando o tiver feito, o talismã não vai funcionar novamente, embora ele valha 1 peça de ouro. Agora, vá para **92** para sair da casa da elfa.

196

O machado debastador é uma arma mágica, efetiva contra as plantas que prendem humanos na Floresta dos Snatta. Com esse machado, você facilmente vai escapar do arbusto estrangulador. Vá para **106**.

197

Você está carregando alguma das seguintes coisas:

Areia?	Vá para **148**
Uma caixa para fogo?	Vá para **266**
Botas de pele de borrin?	Vá para **319**

Se não tiver nenhum desses, deve voltar para **123** e escolher novamente ou sair da área sem demora (vá para **306**).

198

O velho elfo se levanta para levá-lo para a loja. "Meu amigo", ele diz, "faz anos que não ouço histórias tão boas quanto essas. Realmente somos comerciantes, homens de negócios. Porém, como recompensa pela diversão que você nos deu, nós lhe ofereceremos nossos melhores preços". Quando você chegar à caravana com os artigos à venda, pode comprar quaisquer itens ali por metade do preço normal. E, como um presente especial, o velho elfo vai lhe dar um item na loja de graça. Agora, vá para **315**.

199

Após juntar suas coisas do acampamento, você puxa o pequeno apito e assopra. Nenhum som vem dele. Você o sacode vigorosamente e sopra de novo, mas ainda não há som. Porém, não está quebrado, e sim emite um silvo que seus ouvidos não percebem, mas os do barqueiro, sim. Alguns minutos depois, ele sai meio cambaleante da grama rasteira. "Tá bom, tá bom. Vai com calma. Estou indo. Que pressa é essa?" Ele é um indivíduo maltrapilho e sujo, meio gorducho, mas com ombros largos. "Tá bem, então", ele diz, coçando o peito. "Para onde?" Você lhe diz que quer cruzar o lago, e aí ele cai na risada, batendo com as mãos nos joelhos. "É claro que você quer cruzar o lago!", ele ri. "Todo mundo quer cruzar o lago. Mas eu ainda pergunto para onde. É minha piadinha. Vai ser 4 peças de ouro. Adiantado, fazendo favor." Vai pagar ao homem a taxa (vá para **110**) ou, se não tiver esse dinheiro, tentar enfrentá-lo ou enganá-lo (vá para **49**)?

200

O homem abaixa a flauta. "Shhh. Ssss, minhasss irmãsss rasssstejantesss. Acho que alguém nossss chama." Ele

olha para cima e o vê, chamando-o para baixo. "Um visitante! Junte-sssse a nóssss, essssstranho." Você vai descer para o buraco (vá para **301**) ou prefere deixar esse homem com suas cobras (vá para **318**)?

201

Sua constituição está baixa e sua recusa tola em buscar abrigo contra a tempestade não foi uma boa ideia. Você começa a espirrar. A menos que receba o tratamento adequado dentro de alguns dias, a pneumonia que pegou vai afetá-lo seriamente. Amanhã de manhã, a doença terá sintomas e você deve reduzir 2 pontos de Habilidade e 2 pontos de Energia. A partir daí, a cada manhã, você deve reduzir outro 1 ponto de Habilidade e mais 3 pontos de Energia a menos que consiga se livrar da doença. Ainda assim, você segue pela tempestade até que ela em um dado momento diminui. Vá para **10**.

202

Uma a uma, as cobras partem para cima de você, atacando-o com suas presas. Enfrente-as na sequência:

	HABILIDADE	ENERGIA
Primeira COBRA	7	3
Segunda COBRA	6	1
Terceira COBRA	6	4
Quarta COBRA	5	2
Quinta COBRA	6	2
Sexta COBRA	7	1

Se derrotar todas as cobras, enfrente o encantador de serpentes:

ENCANTADOR
DE SERPENTES HABILIDADE 6 ENERGIA 7

Se não derrotar o encantador de serpentes dentro de 5 rodadas de ataque, vá para **312**. Se o fizer, vá para **260**.

203

O papiro está desgastado e apagado. O cabeçalho diz "*Segredos das Baklands*", embora a maior parte do que está escrito seja ilegível. Estudando-o com cuidado, você consegue distinguir, com dificuldade, dois fatos que podem ser úteis. Pode valer a pena visitar uma velha feiticeira conhecida como a Impostora, pois seus poderes e conhecimento são consideráveis e ela não é de todo alinhada ao lado maligno da magia. Ela mora adiante, nas Estepes de Klatta-Bak, em uma área que deve ser a nordeste de onde você está agora. A feiticeira gosta de receber presentes, mas o papiro lhe dá um aviso: ela não é o que parece. Além disso, o papiro informa sobre a Floresta dos Snatta. Lá, as plantas são tão mortíferas quanto os animais, porém as plantas mais perigosas são afetadas por essência de casca. O resto do papiro não pode ser decifrado. Vá para **86**.

204

Você os segue para a fogueira, onde eles lhe oferecem carne do animal sendo assado, pelo visto algum tipo de javali selvagem. Adicione 2 pontos de Energia por esta refeição (ou 1 ponto se já tiver comido). Você tenta, em vão, se comunicar, porém o idioma deles é muito básico, se é que eles sequer têm um. Eles também lhe oferecem um caneco com um líquido parecido com chá para acompanhar. Você começa a se perguntar o que diabos estão querendo de você, sendo que vocês nem se entendem, quando um som às suas costas, seguido de um silêncio sepulcral em volta, lhe dá sua resposta. Virando-se para trás, você vê um klattaman bem forte, mais alto e mais poderoso do que o resto. Ele o olha e contorce os lábios em um rugido baixo. Em sua mão, ele segura uma clava, pegando-a com firmeza. Você se levanta para enfrentar esse campeão. Uma luta foi planejada para vocês. Vai usar sua mágica contra esse inimigo (vá para **229**) ou sacar sua arma (vá para **280**)?

205

A criatura ferida recua, agarrando o próprio braço. A névoa tremeluzente volta de novo para engolfar a aparição da

morte e fazendo-a desaparecer. Em seu lugar, está um homem atarracado e ligeiramente careca, que geme, esfregando seus ferimentos. "Chega!", ele grita. "Deixe-me em paz! Eu não fiz mal a você! Por que me ataca?" Seu queixo cai ao ver isso. "Deixe Renfren em paz. Ele nunca fez nenhum mal. Só um pouco de diversão, só isso." A brincadeirinha de mau gosto dele não lhe divertiu nem um pouco. Você deseja avançar e acabar com ele (vá para **326**) ou ameaçá-lo para que ele lhe dê informações (vá para **72**)?

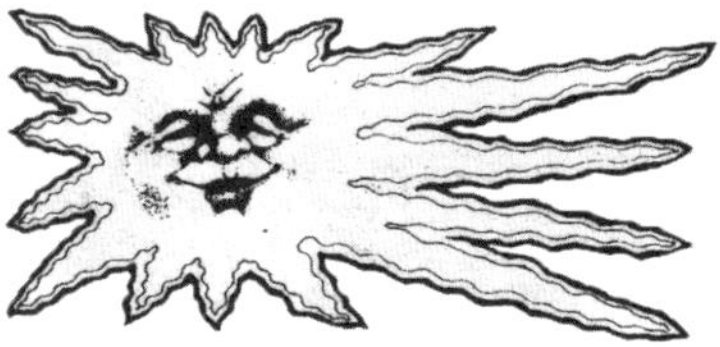

206

Você cai de joelhos e reza por piedade, esperando que a deusa tenha compaixão. Os tremores diminuem e a poeira começa a baixar. Ela está lhe dando sua liberdade? À sua frente, uma das estátuas começa a falar. É uma mulher com armadura de couro e um elmo de bronze, claramente à imagem da deusa. Suas palavras o alcançam: "Mortal, você não é de minha fé. Ainda assim, invade meu templo sagrado e então me implora por piedade. Mas sou uma divindade justa. Permitirei que fuja com sua vida, com uma condição. Você deve rejeitar Libra, sua própria deusa, e daqui por diante adorar Throff. Faça isso e eu lhe concederei a liberdade. Ou vai morrer. A escolha é sua."

Qual vai ser sua resposta? Vai aceitar e adorar Throff (se fizer isso, nunca mais vai poder chamar a ajuda de Libra em qualquer momento de sua jornada) para escapar com a vida (vá para **298**) ou resistir e arriscar a ira de Throff (vá para **238**)?

207

Você saca sua arma e se adianta, resoluto, pretendendo quebrar o círculo deles. Quando o faz, a voz surge de novo: "Pare, criatura tola. Este aviso será seu último. E o seu próximo passo também, se não ouvir minha advertência!" Você vai ignorar esse aviso e continuar (vá para **140**) ou acha melhor parar (vá para **232**)?

208

Você tenta algumas palavras de saudação, mas eles não parecem entendê-lo mesmo. Então eles falam e você não consegue entender a linguagem deles se não conhecer uma magia de interpretação. Volte para **316** e escolha novamente.

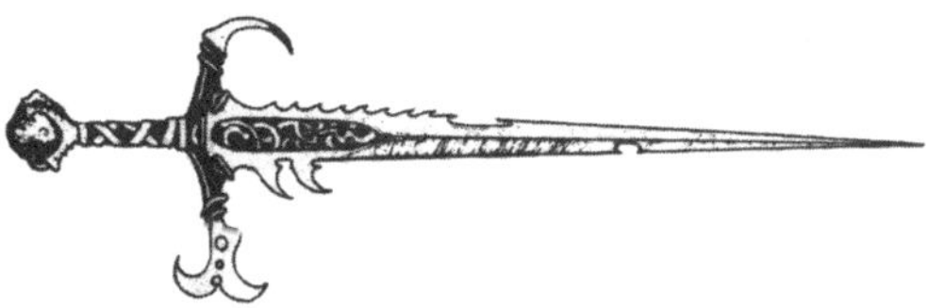

209

"Então você tem o Anel das Serpentes, analandense!", a Serpente do Ar sibila. "Se é assim, sou forçada por seu poder a lhe ajudar com meu conselho. Mas mesmo o Anel das Serpentes não o vai proteger de minha ira! Muito bem: na câmara escura da noite, não ilumine seu caminho com a vela de sangue. Esse é meu conselho. Mas não vai ser útil, pois esses próximos momentos são os seus últimos nessa terra!" Agora volte para **223** e escolha seu próximo movimento.

210

"Então é 'inimigo', é?", pergunta a voz esganiçada, antes de você ter a chance de abrir a boca. "Então faça o que digo. Saia do caminho que sigo!" Você vai dar licença para que a criaturinha passe (vá para **114**) ou se irritou por receber ordens assim (vá para **181**)?

211

Role dois dados e compare o total com sua HABILIDADE. Se a rolagem for menor que sua HABILIDADE, você consegue se agarrar à borda do buraco e escalar para fora dele. O que quer que esteja na borda ainda vai estar ali, mas, se morder você desta vez, pode aguentar a dor até chegar ao topo. *Teste sua sorte*. Se for *sortudo*, a criatura só morde uma mão (1 ponto de ENERGIA de dano). Se for *azarado*, ela morde ambas as mãos (2 pontos de ENERGIA de dano). Finalmente, você sobe à superfície. Vá para **43**.

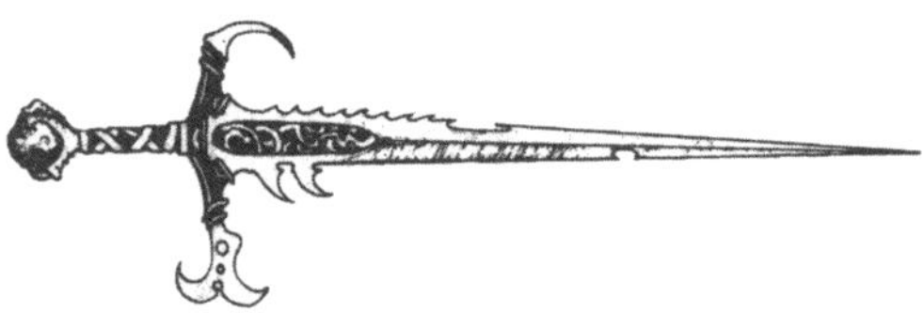

216

Quando seu golpe atinge a criatura, um pequeno jato de líquido sai da boca do besouro e atinge sua perna. Uma sensação de queimação o adverte: o cuspe do inseto é um líquido ácido que certamente corrói carne. Reduza 1 ponto de Energia pela queimadura em sua perna. Continue sua luta, mas, sempre que atingir o besouro, role um dado para ver onde seu cuspe ácido o atingiu:

Rolagem	*Efeito*
1	Atinge seu rosto. Reduza 3 pontos de Energia e a visão de seu olho esquerdo.
2	Atinge o braço que maneja sua espada. Reduza 2 pontos de Energia e 1 ponto de Habilidade.
3	Atinge seu outro braço. Reduza 2 pontos de Energia.
4	Atinge sua perna. Reduza 1 ponto de Energia.
5 – 6	Erra.

Se derrotar a criatura, vá para **24**.

217

Fica mais cansativo andar no fim da manhã. Você está subindo uma inclinação que forma a barreira natural entre as Planícies de Baddu-Bak e as Estepes de Klatta-Bak. Quando o chão se equilibra de novo, é possível ver algo adiante, à distância. Talvez feita pelo homem ou talvez feita pela natureza, parece uma construção de algum tipo. Chegando mais perto, você vê com mais clareza o que é — ou melhor, o que era. Uma edificação arruinada está em um patamar de pedra, com suas colunas rachadas e quebradas. As gravações elaboradas nos pilares sugerem que talvez tenha sido algum tipo de templo, próximo a um poço natural que agora secou. Deseja investigar essas ruínas (vá para **63**), verificar o poço (vá para **23**) ou sair (vá para **309**)?

218

Você aterrissa no buraco, gritando para assustar o encantador de serpentes. Porém, em vez de se assustar, ele aumenta a velocidade da música. Você fica horrorizado ao perceber as cobras indo na sua direção, sibilando, ameaçadoras. Vá para **202**.

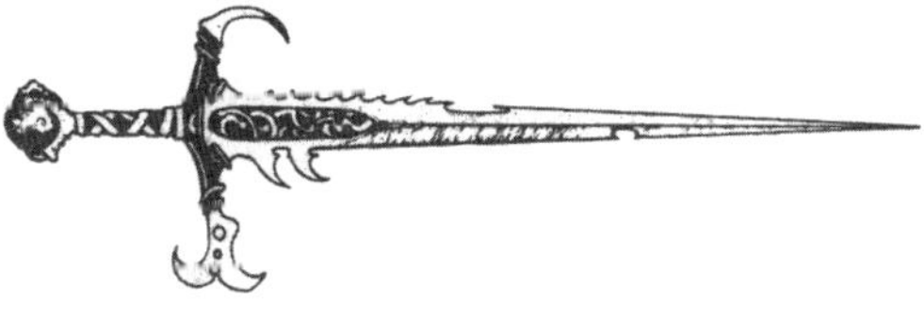

219

A tempestade de poeira sopra ao seu redor e você não ousa olhar para ver o que está acontecendo. Você fica sentado lá por meia hora, quando os ventos diminuem e a tempestade passa. Vá para **10**.

220

Quando o poder da serpente morre, a terra-viva morre junto. Tudo agora está quieto. Você pode descansar por uns instantes para recuperar o fôlego e então partir de novo para a floresta. Vá para **165**.

221

O apito invoca o barqueiro do Lago Ilklala. Fenestra lhe diz como ele funciona: "O barqueiro patrulha a orla do lago toda manhã e você vai atrair a atenção dele soprando o apito." No início da manhã você pode soprar este apito indo para a referência **199** se estiver na orla do Lago Ilklala. Você agradece a Fenestra pelo apito e sai da casa dela para voltar ao seu caminho. Vá para **92**. Adicione 3 pontos de Sorte por encontrar esse apito.

222

O demônio de pedra cai no chão. Porém, a batalha foi observada pelo espectro encapuzado. Você agora vai avançar contra essa criatura (vá para **104**) ou escapar desse lugar (vá para **113**)?

223

Com sua mão na arma, você ordena que o barqueiro pegue os remos ele mesmo; você não vai remar o barco dele. Ao se virar, com raiva, na direção do barqueiro, as palavras morrem em sua boca, pois uma transformação está acontecendo diante de seus olhos: o barqueiro está se desinflando como se o ar estivesse saindo de um balão! De sua forma que se desfaz, um jato de gás sobe, girando e tomando a forma de uma serpente alada! Você vai enfrentá-la com sua arma (vá para **261**) ou lançar uma magia?

ZAP	KIN	SIX	DUM	HUF
363	**419**	**482**	**464**	**350**

Ou investigar o corpo do barqueiro (vá para **21**)?

224

Você passa uma noite miserável, desabrigado e esperando um ataque. Ainda assim, consegue dormir um pouco e se levanta ao amanhecer. Adicione 2 pontos de Energia pelo descanso. Você comeu qualquer coisa ontem? Se não comeu, reduza 3 pontos de Energia, pois, agora, tem muita fome. Você pode continuar sua jornada indo para nordeste (vá para **15**) ou para noroeste (vá para **217**).

225

Você se ajeita e acampa para dormir. Se tiver provisões, pode comer e, caso o faça, adicione 2 pontos de Energia se esta for sua primeira refeição do dia ou 1 ponto de Energia se já tiver comido. Você se cobre e se enrola no chão para dormir, pois o dia foi cansativo. Dez minutos depois pega no sono.

De repente, algo o assusta e o faz ficar de pé na hora! Um círculo de fogo sibilante flutua acima de você no ar! Duas garras afiadas puxam sua mochila. A Serpente do Fogo agarra sua mochila e bate as asas para erguê-la no ar. Você vai mergulhar para agarrar sua mochila com toda a força (vá para **100**) ou permitir à serpente que voe com ela, mas seguir o trajeto dela a pé (vá para **58**)?

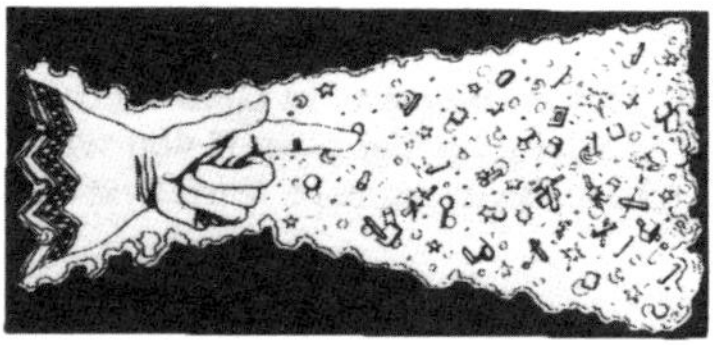

226

Você entra na vegetação rasteira e sobe para os arbustos. Um brilho vermelho adiante indica que está indo na direção certa. Mas a cobra parece estar se movendo um pouco mais devagar do que poderia — quase como se quisesse que você a a seguisse. Ela para no pé de uma árvore e se enrola no tronco. Você a observa deslizando pelo tronco para os galhos. Sua cabeça desce da folhagem para procurá-lo. Você vai andar até a árvore, pronto para o perigo (vá para **123**), ou está convencido de que não há nada de muito interessante sobre essa cobra e que então pode voltar para o caminho (vá para **306**)?

227

O machado debastador tem uma lâmina mágica e corta árvores com um só golpe. Pode ser usado em batalha, mas, como arma, ele o força a reduzir 2 pontos de sua rolagem de *força de ataque*. Agora, vá para **86**.

228

"Assss botasss!", ele rosna. "Dá, dá, dá!" Você as entrega e ele fica em silêncio. O encantador lhe dá um olhar de esguelha, mas então concorda em cumprir sua parte do acordo. Você lhe pergunta se as cobras dele têm algo a ver com as Sete Serpentes, mas ele sacode a cabeça. "Não, ss-ssão minhassss irmãsssss. Mas as Sssssete Sssserpentesss passssaram por aqui há doissss diassss. Minhas irmãsssss ssssabem ssssseus planossss." O encantador pode lhe informar onde está uma das Sete Serpentes. Você deseja sair, seguindo suas orientações (vá para **12**), ou sair do buraco e continuar na direção para onde estava indo (vá para **318**)?

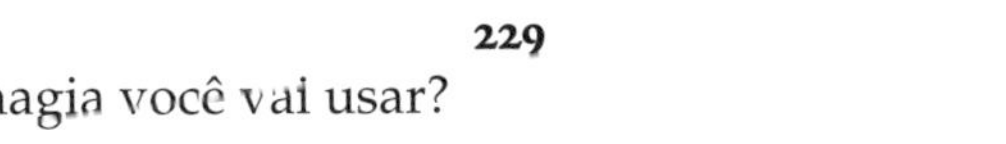

229

Que magia você vai usar?

SAP	RES	DUD	GAK	LAW
340	**402**	**494**	**420**	**457**

Se não conhecer nenhuma dessas, vai ter de usar sua arma. Vá para **280**.

230

Você segue pela trilha e para, de repente, percebendo um movimento à distância, a oeste. Três formas estão vindo depressa pela planície, levantando bastante poeira. Elas se viram em sua direção. Como não há cobertura, você não tem escolha a não ser deixar que se aproximem. Quando chegam mais perto, você consegue distinguir três homens a cavalo. Porém, quando se aproximam mais, percebe que não são cavaleiros, são três centauros. Você deve pensar rápido sobre como vai saudá-los. Vai ser amigável (vá para **111**) ou adotar uma postura agressiva (vá para **313**)?

231

Depois da sopa, um prato de pão e de um queijo quase derretido são servidos para você. O cheiro é horrível, mas, com todos o encarando, você se força a comer a gororoba e tenta aliviar o gosto com seu chá de ervas. O kanastra é uma substância estranha e que parece queijo, que tem a propriedade de restaurar a Sorte. Restaure sua Sorte ao nível inicial. Também adicione 2 pontos de Energia se esta for sua primeira refeição do dia (ou 1 ponto se já tiver comido). O velho elfo pede outro copo de chá de ervas e vocês dois conversam, com os outros observando. Você vai:

Tentar diverti-los contando piadas? Vá para **275**

Dizer a eles que está cansado e que quer ir dormir? Vá para **69**

Pedir para ver suas mercadorias se eles forem comerciantes como parecem? Vá para **315**

232

"Uma escolha sábia, mortal; uma escolha muito sábia." A voz do espírito se acalma. Você agora deve decidir se exige que eles revelem seu cântico mágico (vá para **166**) ou se lhes pede alguma prova de suas identidades (vá para **323**).

233

Por uma hora, você espera. No entanto, fora um ou outro animalzinho que dá uma escapada da floresta para beber água, a área parece estar completamente deserta. Deseja seguir perto da orla para ver se encontra alguém (vá para **241**), gritar por ajuda (vá para **57**) ou esperar um pouco mais (vá para **304**)?

234

"Então você também usa as artes místicas!", ela exclama. "Se é assim, certamente temos muito em comum." Vocês conversam por algum tempo, comparando seus conhecimentos sobre magias. Ela tem um bom suprimento de artefatos mágicos e se dispõe a trocá-los com você. Você deve lhe dar dois itens utilizados em suas magias para receber, em troca, um artefato para magias à sua escolha (ela tem todos os itens necessários para as magias do *Grimório*) e tem muito prazer em ter encontrado alguém com uma profissão similar. Vá para **183**.

235

Você passa a noite sem problemas na entrada da floresta. Adicione 3 pontos de ENERGIA pelo descanso. Porém, se não tiver comido nada ontem, deve reduzir 3 pontos de

Energia. Três caminhos agora o levam para dentro da floresta. Qual vai escolher?

O caminho da esquerda? Vá para **13**

O caminho da direita? Vá para **329**

O caminho do meio? Vá para **214**

236

O calor aumenta, com mais pedras brilhantes rompendo a superfície. Você está coberto de suor e deve reduzir 1 ponto de Energia por causa da dor. É melhor tentar escalar para fora do buraco agora. Vá para **211**.

237

Você acampa. Pode comer provisões, se quiser, antes de dormir. Adicione 2 pontos de Energia se esta for sua primeira refeição do dia (ou 1 ponto se já tiver comido). Você se deita para dormir. Barulhos o acordam o tempo todo durante a noite, mas consegue dormir um pouco e se levanta ao amanhecer para continuar. Adicione 1 ponto de Energia pelo descanso, mas reduza 3 pontos de Energia se não tiver comido ontem. Vá para **11**.

238

Você recusa a oferta dela. A expressão da estátua fica raivosa. "Muito bem, então, seu tolo. Se esta é sua escolha, que assim seja!" Os tremores começam de novo, mas dessa vez com mais força ainda. Um pilar cai sobre sua perna, esmagando-a. Porém, sua agonia não dura muito, pois um pedaço de pedra cai do teto sobre seu peito. Sua aventura acabou aqui, no Templo de Throff.

239

Você pode seguir para noroeste (vá para **149**) ou pode fazer um desvio amplo em volta da criatura e então continuar para norte (vá para **283**).

240

Quando você se afasta do campeão que matou, pode sentir que a atmosfera da multidão mudou. Uma das criaturas se adianta com outro pedaço de carne do assado para você mastigar. Mas você já decidiu que o melhor a se fazer é sair da aldeia o mais rápido possível. Você se vira e vai para longe da multidão, para o lado oposto da aldeia. Vá para **173**.

241

Por meia hora, você segue a orla para oeste, mas não encontra nada. Você volta e tenta pelo outro lado. Novamente, não encontra nada que poderia ajudá-lo a atravessar. Deseja gritar na esperança de atrair a atenção de alguém (vá para **57**) ou se sentar e esperar para ver se alguma ajuda chega (vá para **233**)?

242

Sua mão vai até sua arma para pegá-la. Ao tocar nela, um choque atravessa seu braço, fazendo-o tirar a mão na hora! Você balança o braço, com dor. Reduza 1 ponto de ENERGIA. Cuidadosamente, você tenta pegá-la de novo. Assim que sua mão toca a arma, o mesmo espasmo dolorido atinge seu braço. Reduza outro ponto de ENERGIA. Algo mágico o impede de sacar sua arma! Você vai seguir assim mesmo (vá para **190**) ou prefere se virar, sair deste lugar e seguir pela trilha (vá para **92**)?

243

Desesperado, você reza para Libra por ajuda e espera por um sinal de que a deusa ouviu sua súplica. Porém, o sinal não vem e a dor em seus membros começa a ficar insuportável. Corvos carniceiros circundam por sobre sua cabeça, grasnando e esperando pela próxima refeição. Um deles aterrissa na cruz e bica seu pulso. Você está impotente para impedir, mas grita para assustá-lo. Ele desce de novo e volta a bicar seu pulso. Reduza 3 pontos de ENERGIA, pois sua força está acabando. O corvo bica novamente. Mas dessa vez você não grita. Sua cabeça se vira para a criatura e um sorriso fraco surge em seus lábios. Não parece estar tentando comer você, e sim bicar suas cordas! Libra não o esqueceu! Instantes depois, sua mão está livre, permitindo que você se segure enquanto o pássaro bica suas outras amarras. Logo é libertado e o corvo grasna, pulando da cruz e voando para os céus. Com suas últimas reservas de força, você desliza pela cruz e descansa, ofegando, na base. Porém, seu suplício lhe custou muito. Embora os elfos das trevas tenham deixado sua arma e sua mochila na base da cruz, pegaram todas as suas outras posses. E você chamou pela ajuda de Libra, então não pode mais rezar para ela nas Baklands. Ainda assim, precisa seguir sua jornada. Vá para **269**.

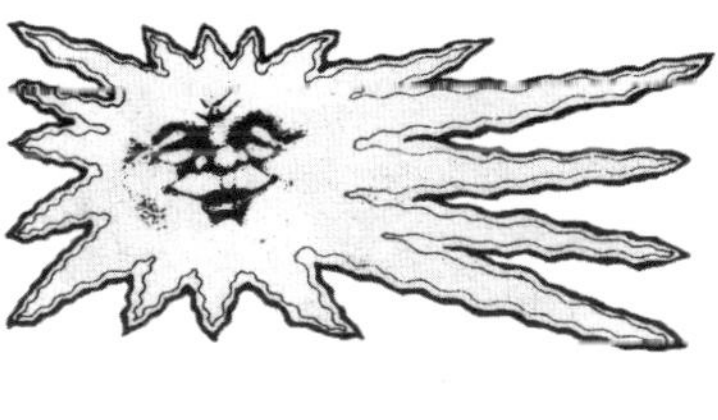

244

Mais adiante na trilha, você encontra uma clareira onde pode descansar. Se quiser comer provisões aqui, pode fazê-lo e adicionar 2 pontos de ENERGIA (ou 1 ponto se já tiver comido hoje). Quando se levanta para seguir, um som de algo se partindo o faz se virar rapidamente. Passando pela grama rasteira em sua direção está um urso selvagem alto e corpulento! A criatura bloqueia seu caminho adiante e você vai ter de enfrentá-la. Vai sacar sua arma (vá para **139**) ou lançar uma magia?

LAW	SIX	YAP	DUM	FIX
437	**415**	**361**	**485**	**333**

245

O que vai encontrar para usar em sua mochila?

Um frasco de óleo?	Vá para **14**
Um talismã da sorte?	Vá para **278**
Antídoto contra mordida de cobra?	Vá para **81**

Se não tiver nenhum desses, volte para **303** e faça outra escolha.

246

Você se levanta e se vira para correr. Mas, antes que possa dar um passo, grita de dor quando algo se finca em sua perna. É claro! A coisa invisível que o fez tropeçar! Deve ter sido um snattacat bebendo no riacho. Seus dentes afiados lhe causam 2 pontos de ENERGIA de dano. Você golpeia rápido com sua arma o ponto onde imagina que a cabeça do ser esteja. A criatura grita e solta. Seu golpe também interrompeu a concentração do snattacat, que se materializa à sua frente. Você deve enfrentá-lo rápido, antes que os outros cheguem:

247

SNATTACAT HABILIDADE 7 ENERGIA 9

O snattacat tem a capacidade de ficar invisível, que ele sempre vai utilizar em batalha. Enquanto ele estiver invisível, você deve reduzir 2 pontos de suas rolagens de *força de ataque* devido à dificuldade da luta. Porém, sempre que o ferir, você quebra a concentração do snattacat, e ele vai ficar visível na próxima rodada de ataque. Quando estiver visível, ataque-o normalmente. Se vencer o snattacat dentro de 6 rodadas de ataque, vá para **41**. Se não o vencer até lá, os outros snattacat vão se juntar à luta — vá para **99**.

247

Erguendo o colarinho de sua túnica, você parte para o horizonte. O vento aumenta de intensidade e sopra forte contra você, de um lado para o outro. E então acontece — o céu cai sobre sua cabeça. Uma chuva torrencial desce das nuvens e em um instante você está molhado até os ossos. Sem abrigo contra o vento e contra a chuva, você tem duas preocupações: primeiro, qualquer coisa que você tenha na mochila que seria destruída pela água foi destruída (mapas, pergaminhos, etc. — mas não provisões); segundo, você corre o risco de pegar pneumonia ao continuar pelo vento intenso, molhado até a alma. Role três dados e compare o total com seu valor de Energia. Se o total rolado for menor que sua Energia, vá para **284**. Se o total rolado for maior ou igual à sua Energia, vá para **201**.

248

Quando as notas saem da flauta dele, sua ansiedade diminui. A música é suave e pacífica, e você fica paralisado ao vê-lo tocar. Essa melodia gentil está lhe dando sono! Você percebe que está caindo sob seu poder hipnótico, então se ajeita no chão e, quando o faz, a música vira uma série de trinados agudos. Suas mãos estão mudando. Escamas aparecem em seus dedos! Você esfrega seu rosto e ele está coriáceo. Um sorriso aparece nos lábios do encantador de serpentes quando ele examina e zomba de sua mais recente vítima. E tudo o que seu destino lhe reserva é passar o resto da vida como mais um dos animais dele...

249

A Serpente da Terra observa o anel. "Inimigo de Mampang!", ela sibila para você. "Encontrou o Anel das Serpentes. Então, como ordenam nossos deuses, eu devo lhe dizer isso: não ofereça ouro a Valignya se dá valor à sua vida! Mas esse conhecimento não vai valer de nada. Receba minha outra oferenda!" A serpente investe contra você e quase atinge seu braço. Agora volte para **263** para lidar com a serpente.

250

Você tenta entender os hieróglifos, mas não adianta. Não consegue ler nada deles. Frustrado e irritado, você pode agora abrir o alçapão (vá para **180**), continuar procurando pelas ruínas (vá para **101**) ou ir para fora para investigar o poço (vá para **23**).

251

Examinando as coisas dos klattaman, você não acha nada de mais. Um deles tem 2 peças de ouro e a espinha dorsal de um rato. Outro tem uma bolsa com um peso de areia, presa à ponta de uma vara. Talvez seja algum tipo de arma. O amuleto no pescoço do terceiro deve ter sido um item valioso para o dono. No centro do amuleto está uma pedra brilhante — uma joia do sol — que produz sua própria luz natural. Você pode levar quaisquer dessas três coisas.

Adicione 1 ponto de ENERGIA pelo descanso desta noite, já que seu sono foi interrompido. E, se não tiver comido nada ontem, reduza 3 pontos de ENERGIA pela fome. Agora vai ser preciso decidir em que direção continuar. Vai seguir para noroeste (vá para **83**), norte-noroeste (vá para **283**) ou direto para norte (vá para **60**)?

252

"Tolo!", ela responde, com desprezo. "Acha que eu ajudaria um estranho disposto a me apontar uma arma? Retire-se daqui. E rápido, pois aquele choque que sentiu foi uma mera amostra de meu poder." O olhar dela está fixo em você e seus olhos arregalados se iluminam, brilhando como carvão em brasa. Você decide não se arriscar a enfrentá-la em combate e segue para a porta. Do lado de fora, volta para o caminho e segue viagem. Vá para **92**.

253

Sanguessugas gigantes vivem nos pântanos e três se grudam a você enquanto caminha pela água. Elas lhe causam 2 pontos de ENERGIA de dano, banqueteando-se com seu sangue, a menos que você tenha uma caixa de fogo que pode usar para queimá-las antes que elas consigam mordê-lo. Agora vá para **182**.

254

Você corre atrás da criaturinha, fuçando suas posses para achar algo mais que possa dar. Escolha outra coisa — novamente, precisa ser algo de valor, não sem valor — e retorne para **50** para descobrir sua reação. Porém, a criatura reconhece sua generosidade em oferecer dois presentes. Adicione 2 à rolagem do dado.

255

Você continua a andar para o norte, noite adentro. Pode parar no caminho para comer provisões. Se quiser fazer isso, adicione 2 pontos de ENERGIA se esta for sua primeira refeição do dia, ou 1 ponto se já tiver comido. Mas ficar sem dormir o deixa cansado — reduza 2 pontos de ENERGIA. E, se não tiver comido nada o dia todo, deve reduzir outros 3 pontos de ENERGIA devido à fome. Mas você progride bastante e não encontra nenhum ser. Quando amanhece, você está subindo um morro ao entrar nas Estepes de Klatta-Bak. Do alto, é possível examinar os campos sombrios, mas não há nenhum marco para guiá-lo. Você vai viajar para noroeste (vá para **83**), norte-noroeste (vá para **283**) ou seguir direto para o norte (vá para **60**)?

256

A raposa rosna em sua direção quando você fica de pé, com a arma preparada. Ela está com fome e disposta a matar para saciar o apetite. Sua pelagem vermelho-fogo se eriça em suas costas. Resolva sua luta com a criatura.

RAPOSA-DE-FOGO HABILIDADE 7 ENERGIA 6

Quando tiver infligido seu primeiro ferimento na criatura, vá para **71**.

257

O líder gesticula para que os outros fiquem em silêncio. "Quieto, cabeça de porco", ele ordena. "Ninguém seria idiota de cruzar essas planícies sozinho se não estivesse protegido de alguma forma. É um feiticeiro, amigo?" Você concorda e se oferece para lançar uma magia de sorte neles se eles o ajudarem. Com essa promessa, eles se empolgam, batendo os cascos no chão e sorrindo. "Temos um acordo", diz o líder. "Como podemos ajudá-lo?" Você pede para que eles o auxiliem em seu caminho. "Podemos levá-lo um pouco mais adiante pelas planícies se quiser, mas é uma jornada longa até qualquer lugar civilizado. A noroeste mora Manata, o encantador de serpentes, e a nordeste ainda podemos encontrar uma caravana indo para Kharé. Podemos levá-lo em qualquer uma dessas direções. Mas, primeiro, nossa recompensa!" Você resmunga umas palavras e gesticula com os dedos, apontando para eles, dizendo-lhes que agora estão abençoados com a sorte. Eles não são criaturas muito inteligentes e se entreolham com orgulho. Para onde vai pedir que o levem agora? A noroeste (vá para **64**) ou a nordeste (vá para **2**)?

258

Você saca sua arma e espera as criaturas atacarem. Elas circundam rapidamente, aumentando o ritmo, até que investem na sua direção você. Sua velocidade os torna alvos difíceis. Escolha contra qual vai lutar e role a *força de ataque*. Também role as *forças de ataque* dos falcões-noturnos. Se sua *força de ataque* for maior que a de seu alvo, você o feriu, mas cada falcão-noturno que role uma *força de ataque* maior que a sua vai feri-lo. Resolva seu combate.

	HABILIDADE	ENERGIA
Primeiro FALCÃO-NOTURNO	7	5
Segundo FALCÃO-NOTURNO	6	5
Terceiro FALCÃO-NOTURNO	7	5
Quarto FALCÃO-NOTURNO	7	4

Após 3 rodadas de ataque, vá para **314**.

259

Você levanta os braços e anda lentamente para frente. Para seu alívio, não são atiradas mais flechas, embora seja possível ver os arqueiros, com elas preparadas, observando-o se aproximar. Várias pessoas estão se reunindo para ver quem você é e logo é possível distinguir que tipo de gente está lhe observando. É uma caravana de elfos das trevas e, ao que tudo indica, comerciantes de algum tipo. Quando você entra no acampamento, eles o observam, arredios. Um velho elfo, um pouco mais atarracado que o resto, se adianta. "Se busca abrigo ou comida", ele começa, "então está perdendo seu tempo com esta caravana. Qual é o seu propósito perambulando sozinho pelas Baklands?" Qual vai ser sua resposta?

Dizer que é um negociante
e pedir para ver suas mercadorias? Vá para **315**

Contar sobre sua missão e
perguntar sobre as Sete Serpentes? Vá para **37**

Dizer que está em busca de comida
e abrigo e que está disposto a pagar
muito bem por sua hospitalidade? Vá para **215**

260

Você vasculha o buraco, procurando por quaisquer posses de valor que o encantador de serpentes possa ter escondido. Você encontra sua flauta de bambu e, em um saco que estava em parte coberto pela terra, uma garrafa de água abençoada. Pode ficar com elas. Agora deve partir novamente e seguir sua jornada. Mas foi mordido por qualquer uma das cobras enquanto estava no buraco? Todas elas eram venenosas. Se qualquer uma delas tiver ferido você, um veneno de ação lenta vai fazer efeito. Se já tiver um antídoto contra picadas de cobras, pode tomá-lo para neutralizar o veneno. Caso contrário, vai morrer a menos que consiga encontrar esse antídoto até o fim do dia. O veneno vai enfraquecê-lo, de forma que quaisquer penalidades de Energia que você sofrer daqui até o anoitecer vão lhe infligir o dobro de dano (ou seja, você subtrai o dobro de penalidades de Energia). Saia do buraco das cobras e siga sua jornada — vá para **318**.

261

A criatura que o enfrenta é a Serpente do Ar, uma inimiga perigosa. Seus golpes não vão a ferir, pois é feita do próprio ar; porém, se você a atingir duas vezes, dispersa parte do corpo dela, tornando mais difícil que ela se forme novamente. A Serpente o ataca tentando engolfar sua cabeça com o corpo dela, fazendo, assim, com que você respire seu gás sufocante. Resolva a luta.

SERPENTE DO AR Habilidade 11 Energia 14

Você só vai ferir a Serpente do Ar se rolar uma *força de ataque* mais alta duas vezes seguidas, e, nesse caso, reduza 3 pontos de ENERGIA da serpente após esse segundo ataque. O gás da serpente só lhe causa 1 ponto de ENERGIA de dano, a menos que ela role uma *força de ataque* mais alta duas vezes (ou mais) seguidas. Nesse caso, os efeitos do gás são multiplicados: 1 ponto de ENERGIA de dano na primeira rodada de ataque, 2 pontos de ENERGIA de dano na segunda, 4 na terceira, 8 na quarta etc. Se derrotar a criatura, vá para **213**.

262

Saindo do templo arruinado, você pode investigar o poço (vá para **23**). Se prefir sair da área, vá para **309**.

263

Você tenta agarrar a criatura. Ela investe para tentar morder sua mão, mas você consegue jogá-la no chão. É aí que enxerga a cobra como ela realmente é…

Deitada no chão, a pele da cobra se abre. De dentro, uma serpente marrom-escura emerge. Como que em algum tipo de reação à sua exposição ao ar, a Serpente da Terra cresce rápido diante de seus olhos! Grandes asas surgem e ela se enrola à sua frente, sibilando, ameaçadora. Como vai a enfrentá-la? Com uma magia?

DUM	HUF	DOZ	NAP	ZEN
367	**351**	**491**	**443**	**471**

Com sua arma (vá para **54**)? Ou de mãos vazias (vá para **66**)?

264

Você acorda cedo na manhã seguinte. Se não tiver comido nada ontem, reduza 3 pontos de ENERGIA pela falta de comida. O que decidiu fazer sobre sua travessia do lago? Seguir a orla buscando sinais de vida (vá para **241**), gritar para ver se chama a atenção de alguém (vá para **57**) ou esperar para ver se alguma ajuda surge (vá para **233**)?

265

A porta se abre, permitindo que você entre em uma passagem escura. Seguindo para baixo, em um dado momento é possível ver uma luz brilhando à sua frente. E ouvir vozes. Você vai andar furtivamente até o final para ver o que está acontecendo (vá para **190**) ou sacar sua arma e entrar na cara e na coragem (vá para **242**)?

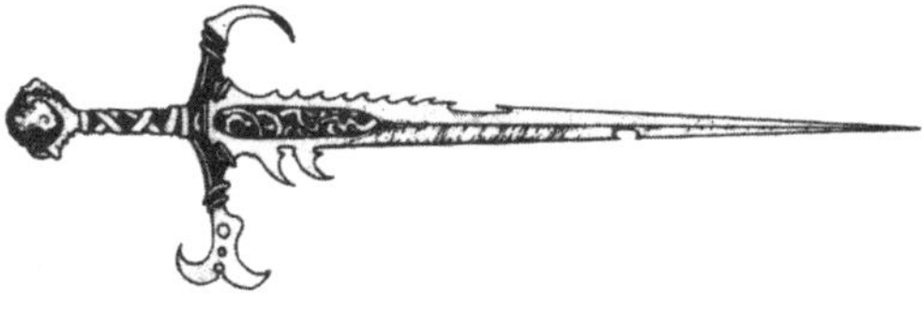

266

Você puxa sua caixa para fogo e tenta fazer uma chama, a serpente o observa da árvore acima, quase que intrigada. Está interessada em seu plano. Porém, infelizmente, esse plano não tem efeito contra a Serpente de Fogo que você agora está enfrentando. A serpente salta dos galhos para cima de você, e vai ser preciso enfrentá-la.

SERPENTE DE FOGO HABILIDADE 13 ENERGIA 12

Se derrotar a serpente, vá para **306**.

267

Você tenta falar com o redemoinho. Ele dá um pequeno "golpe" no ar, mas você não tem certeza se essa é uma reação à sua voz ou apenas um movimento aleatório. Você grita novamente: sem reação. Vai agora se aproximar para investigar melhor (vá para **157**) ou sair (vá para **322**)?

268

A batalha começa.

DEMÔNIO DE PEDRA HABILIDADE 10 ENERGIA 12

Você ainda está preso nas dobras da pedra e deve reduzir 2 pontos de sua rolagem de dados de *força de ataque* até se livrar. Você vai ser capaz de se livrar se puder rolar um número em dois dados que seja menor que sua HABILIDADE. Porém, cada tentativa de se livrar o deixa aberto para um ataque por parte do demônio de pedra, o que lhe causa um ferimento automático de 2 pontos de ENERGIA. Se vencer a criatura, vá para **222**.

269

A noite chega rapidamente. Você precisa escolher entre acampar durante a noite ou seguir noite adentro pelas Baklands. Se quiser descansar, vá para **237**. Se for continuar, vá para **144**.

270

Você rapidamente junta suas coisas e parte pelos caniços para longe do que quer que esteja se aproximando. Logo o barulho está longe. Sem sair do pântano, você continua, escondido pela vegetação. Vá para **295**.

271

Deixando para trás a árvore caída, você segue pelo mato até chegar a uma bifurcação. Vai seguir o caminho à esquerda (vá para **119**) ou à direita (vá para **329**)?

272

Você é capaz de ler os hieróglifos? Se for *sortudo*, vai haver similaridades entre o idioma deles e outros idiomas antigos que estudou. *Teste sua sorte*, se quiser tentar lê-los. Se for *sortudo*, vá para **189**. Se for *azarado*, vá para **250**. Você pode lançar uma magia se quiser, antes ou depois de *testar sua sorte*, mas antes de ir para a próxima referência:

POP	WAL	GUM	SUS	DOC
489	**417**	**374**	**401**	**465**

Se não quiser *testar sua sorte* aqui, vá para **101** e faça outra escolha.

273

Uma longa viagem pelas Planícies de Baddu-Bak agora o aguarda. Em qual direção você vai? Para noroeste (vá para **176**), norte-noroeste (vá para **137**) ou nordeste (vá para **85**)?

274

A trilha o leva pela floresta. Você a segue por algumas horas. O caminho desce e seu progresso é bom o bastante. Caminhando ao longo de um riacho, você, de repente, tropeça. Sente que chutou algo perto da água, mas não há nada lá! Então, senta e olha em volta. E fica aterrorizado ao ver quatro pares de olhos escuros o encarando por detrás de um arbusto. Os olhos se movem para frente e você pode ver as criaturas que o observam: snattacats! São mais ou menos do tamanho de cachorros grandes, com narizes achatados e feios. Sua pelagem preta é salpicada com trechos amarelos. Eles andam em sua direção — e somem! Você pisca e olha de novo, mas não os vê em lugar nenhum. Você escuta com cuidado. Os passos deles não podem ser disfarçados; estão indo em sua direção. Vai ficar de pé e correr para a frente pelo caminho (vá para **246**), ficar e os enfrentar com sua arma (vá para **99**) ou lançar uma magia?

FAR	FOF	ROK	GUM	GOB
467	**454**	**431**	**376**	**343**

275

Você torce para que algumas piadas os deixem menos hostis. Suas piadas favoritas são as de goblins, pois eles são conhecidos por serem burros. Você pergunta ao velho elfo por que o bolo de casamento do goblin foi feito de esterco de urso-gambá. Ele dá de ombros e você responde: para manter as moscas afastadas da noiva! A tenda toda gargalha e o velho elfo, chorando de tanto rir, lhe dá tapinhas nas costas. Você então lhes conta a do goblin que nunca aprendeu a contar além de dois — porque era o número de dentes que ele tinha! De novo, risos ressoam pela tenda. Você é a estrela do espetáculo, e os olhos desconfiados dos elfos se transformaram em sorrisos amigáveis. O que quer fazer a seguir: pedir para visitar a loja deles para ver se eles têm algo de valor para vender ou trocar (vá para **198**) ou pedir um lugar para dormir durante a noite (vá para **26**)?

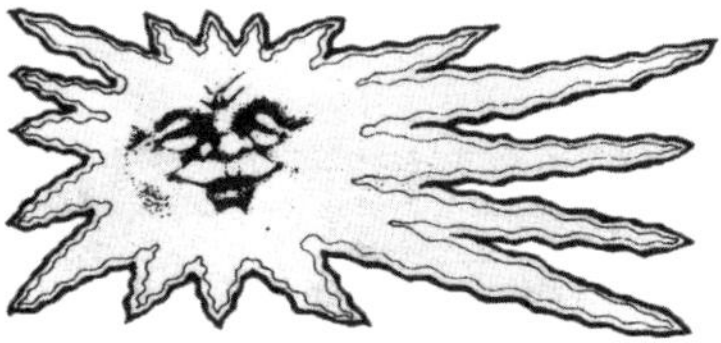

276

A temperatura fica desconfortável e gotas de suor aparecem em sua testa. O solo à sua direita se quebra e outra pedra brilhante emerge; então outra à sua esquerda. Você agora está sendo cozido no vapor de seu suor e o calor é agonizante. Reduza 2 pontos de ENERGIA por esse suplício. Você agora deve decidir se arrisca a escalada para fora do buraco (vá para **211**) ou se lança uma magia:

BAG	MUD	FOF	DOC	FIX
418	**371**	**486**	**348**	**406**

277

Vasculhando os corpos, você encontra 6 peças de ouro, um pergaminho que não entende, nozes e frutinhas suficientes para 2 refeições. Então um barulho o assusta, vindo da direção de onde os goblins estavam fugindo. Vá para **270**. Se estiver jogando como um guerreiro e não tiver usado magias nesta aventura, vá primeiro para **330**.

278

Você pendura o talismã da sorte em seu pescoço e se prepara para enfrentar a criatura. Vá para **67**.

279

"Então você tem o Anel das Serpentes, analandense!", a serpente sibila. "Se é assim, o poder dele me força a ajudá-lo com conselhos. Mas mesmo o Anel das Serpentes não vai proteger você da minha ira! Muito bem: na câmara escura da noite, não ilumine seu caminho com a vela de sangue. Este é meu conselho. Mas ele não vai ser útil, pois os próximos instantes são seus últimos nesta terra!" Agora volte para **293** e escolha seu próximo movimento.

280

Um burburinho se espalha pela multidão. Eles estão em polvorosa com a ideia de ver um desafio desses. Que a luta comece.

CAMPEÃO KLATTAMAN HABILIDADE 9 ENERGIA 8

Se vencer, vá para **240**.

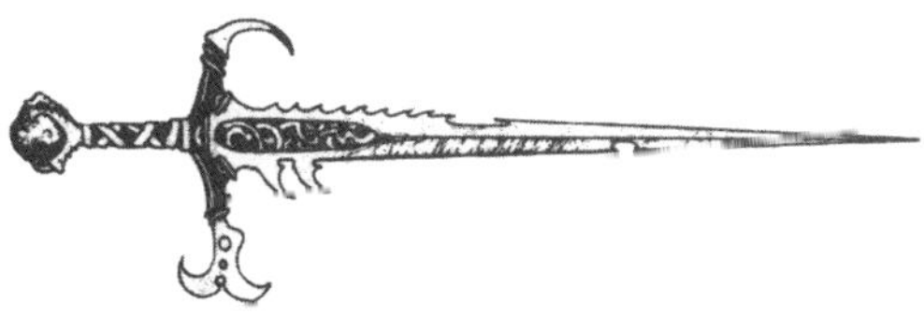

281

Você cai por sobre a lateral do barco, mergulhando nas águas turvas, e luta desesperadamente para subir à superfície. Porém, para seu horror, algo agarrou sua perna e o está puxando para baixo! Seus pulmões estão estourando, mas ainda assim essa força o mantém abaixo da superfície. Seus esforços são em vão. Chega um momento em que você perde o controle e tenta sugar o ar, só conseguindo encher seus pulmões de água. Os perigos desconhecidos do Lago Ilklala fizeram outra vítima.

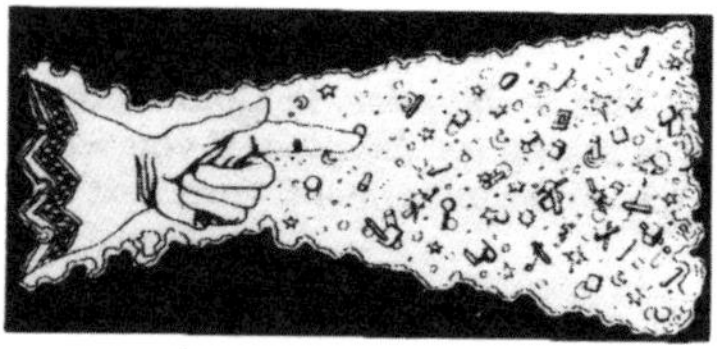

282

Você está prestes a abrir a boca para saudar a criatura quando uma voz esganiçada rompe o silêncio. "Certo, certo", ela diz. "Não fique aí gaguejando como um meio--orc com tremedeira. Entre e se sente. Estou ocupada, mas lhe atendo daqui a pouquinho." A voz é feminina; talvez seja a de uma elfa de algum tipo. Ela está distraída com seu orbe de vidro, mas, em alguns minutos, ela se recosta e o olha. "Então, um visitante? E um humano, ainda por cima. Sou Fenestra, feiticeira elfa. Mas eu tenho uma desculpa para estar aqui, já que é minha casa. Você, porém, deve estar longe da sua. O que, em nome de Gredd, está fazendo nesta floresta?" Ela o observa com atenção enquanto você conta sua história, sendo cuidadoso para não revelar sua missão real. Os olhos dela são grandes demais para seu rosto e parecem brilhar suavemente sozinhos. O efeito todo é bem perturbador. Porém, ela ouve com atenção e parece, de fato, interessada em suas viagens. Você pode lhe perguntar algo agora. Vai perguntar se ela tem alguma magia que possa lhe ser útil (vá para **234**), perguntar qual é a melhor forma de cruzar o Lago Ilklala (vá para **132**) ou fazer algum comentário sobre "acontecimentos estranhos" para ver se guia a conversa para o assunto das Sete Serpentes (vá para **5**)?

283

Sua longa caminhada pelas Baklands está chegando ao fim. À distância, é possível ver a ampla área limítrofe adiante, que marca a fronteira da Floresta dos Snatta. Você sobe em uma pedra para ver melhor o que está adiante. A vastidão verde da floresta continua até as orlas do Lago Ilklala, que você mal distingue no horizonte. A pedra onde está é um bom lugar para comer provisões. Se quiser fazer isso, vá para **78**. Se não quiser comer provisões, vá para **300**.

284

Felizmente, sua constituição é forte. Você pega um resfriado leve, mas, fora isso, sua saúde não é afetada. Reduza 1 ponto de ENERGIA pelo resto do dia (adicione de volta amanhã de manhã). Você segue, corajoso, pela tempestade até que ela, por fim, diminui. Vá para **10**.

285

Você pode seguir adiante para o norte (vá para **170**) ou para o noroeste. Se escolher noroeste, vai andar por várias horas até que vê algo que o faz parar (vá para **137**).

286

Vocês dois se aproximam para começar a batalha.

BADDU-BESOURO HABILIDADE 7 ENERGIA 9

Após acertar a criatura pela primeira vez, vá para **216**.

287

Você abre os olhos e sacode a cabeça. Onde está? Está deitado no chão com sua mochila e sua túnica puxada por sobre você. E a tempestade de areia? E a Serpente de Fogo? Tudo está como quando você foi dormir. Foi tudo só um pesadelo? Se sim, por que sua cabeça está doendo como se tivesse sido atingida por uma marreta? Você olha em volta — e salta de sua posição com um grito, pois uma clava de madeira estava prestes a atingir o lugar onde sua cabeça estava! Três criaturas altas e magrelas com braços poderosos e rostos feios estão olhando para você. Vestem peles de animais e carregam clavas como armas. Uma tem um amuleto no pescoço. Você vai sacar sua arma para enfrentá-las (vá para **188**), tentar falar com elas (vá para **38**) ou lançar uma magia?

YOB	KID	GAK	KIN	GOD
475	**439**	**456**	**344**	**356**

288

O velho elfo fica bravo. "Esse sapo chifrudo miserável não tem nada a oferecer!", ele brada. "Mas podemos pelo menos nos divertir um pouco, não é, amigos?" Ele estala os dedos e cinco elfos das trevas corpulentos o agarram. Segurando bem, eles o levam para fora. "Vamos fazer deste desgraçado um exemplo. Um monumento à Caravana de Cesstar!" Três elfos desaparecem e voltam com dois tocos de madeira. Atando-os juntos em uma cruz, eles prendem uma bandeira preta no topo e o amarram a ela, seguro por seus pulsos e calcanhares. Eles a fixam no chão, deixando-o dolorosamente dependurado lá em cima. A dor o faz sofrer 4 pontos de ENERGIA de dano. Uma hora depois, a caravana recolhe as coisas e parte, deixando-o à mercê dos corvos e abutres. Quando se vão, você pode esperar para ver o que o destino lhe reserva (vá para **102**) ou, se puder, chamar pela ajuda de sua deusa (vá para **243**).

289

"O Anel das Serpentes!", sibila a criatura. "Seu poder não vai salvar sua vida, analandense, mas é suficiente para me forçar a ajudá-lo. Eu vou dizer o seguinte: mostre respeito para com Naggamanteh, o mestre das torturas, caso o encontre. Mas isso é tudo o que tenho obrigação de dizer." Agora volte para **303** e escolha seu próximo movimento.

290

Um largo sorriso passa pelos lábios da criaturinha. "Como sabia?", ela pergunta. "Como sabia que eu estava procurando um presente desses?" Sua escolha sortuda foi um sucesso. Mas há algo estranho. A voz da criatura muda enquanto ela fala com você, transformando-se na de uma mulher de meia-idade. "Um amigo desses não merece zombarias", ela diz. E, com essas palavras, sua forma muda para a de uma mulher alta, com vestes púrpura. "Sou Dintainta", ela diz. "Dintainta das Estepes. Embora alguns me chamem de a Impostora. Sei de sua missão e posso ajudá-lo. É um crédito para sua inteligência e coragem você ter sobrevivido até aqui. Porém, eu lhe aviso: perigos muito maiores estão adiante. Na Fortaleza Mampang, cuidado com o Carneiro que Não Dorme, pois até sua habilidade não vai ser páreo para seus poderes. Você vai derrotá-lo abrindo esse frasco em sua presença." Ela lhe dá um pequeno frasco de vidro. "Guarde-o com sua vida e não permita que ninguém libere o gás dentro dele. Também lhe direi outra coisa: a uma pequena distância adiante, você vai confrontar a Serpente de Terra. Seus poderes são consideráveis, mas só existem quando o monstro está em contato com a terra. Talvez essa informação o ajude a vencer a besta. Por fim, eu vou lhe dar isso em troca de seu presente." Ela lhe dá sua bengala. "Meu Cajado das Serpentes é encantado e vai lhe dar poderes contra as serpentes. Agora devo deixá-lo, pois preciso fazer minha jornada para casa antes do crepúsculo." Ela se transforma de volta na criaturinha feia que você encontrou no início e segue seu caminho. Este foi um encontro de muita sorte (adicione 2 pontos de SORTE). Seu Cajado das Serpentes vai enfraquecer qualquer uma das serpentes que você encontre. Reduza 2 pontos de HABILIDADE de quaisquer serpentes que encontrar ao carregar esse cajado. Você também percebe que ele é feito de muda de carvalho e então pode ser usado em suas magias. A criatura agora desapareceu na distância e você se volta para seguir em frente. Vá para **114**.

291

Trate os peixes-voadores como uma só criatura.

PEIXES-VOADORES HABILIDADE 8 ENERGIA 8

Se os vencer, vá para **75**.

292

Os goblins-do-pântano pausam na clareira só por tempo o bastante para recuperarem o fôlego e então saem correndo, ainda olhando para trás enquanto o fazem. Você agora deve decidir se espera de novo, talvez para descobrir se algo seguia os goblins (vá para **105**) ou se sai da área (vá para **270**).

293

Você começa a remar pelo lago. A água é pesada e densa, tornando sua jornada bem cansativa (reduza 1 ponto de HABILIDADE até chegar à orla). O barqueiro está silencioso, observando-o lutar com os remos. Você fala com ele, mas ele não responde. Sua expressão é vazia, seus olhos vidrados. Novamente você tenta falar com ele, mas ainda sem resposta. Há algo de errado. Você põe os remos de lado e estende a mão para sacudi-lo. Quando sua mão toca o ombro dele, para seu horror, o corpo do barqueiro murcha e cai por sobre o assento como um saco vazio! Ao mesmo tempo, um chiado chama sua atenção. Um jato de gás escapou do corpo sem alma e flutua no ar à sua frente. Girando, ele aos poucos toma a forma de uma serpente alada, descendo cada vez mais baixo em sua direção. Um cheiro pungente e sufocante toma suas narinas e você precisa agir rápido. Vai sacar sua arma para enfrentar a criatura (vá para **261**) ou lançar uma magia?

ZAP	KIN	SIX	DUM	HUF
363	**419**	**482**	**464**	**350**

Ou ignorar a criatura e ver o que aconteceu com o barqueiro (vá para **21**)?

294

Os elfos das trevas o observam saindo do campo. Para seu enorme alívio, eles o deixam ir embora sem problemas. Vá para **269**.

295

Você segue cuidadosamente pelos caniços e gramas até que um barulho alto e rastejante à sua direita o faz parar. O barulho se transforma em um sibilar alto e uma grande cabeça ofídia ergue-se por sobre a vegetação. Ela vai para a direita e para a esquerda, como se procurasse algo. Mas, quando seus olhos recaem sobre você, vapor sai por entre suas presas e ela bate as asas. Ela voa e o circunda, preparando um golpe. O que vai fazer: sacar sua arma (vá para **103**) ou lançar uma magia (vá para **53**)?

296

As poções medicinais não são o que você esperava. O frasquinho que a feiticeira lhe deu contém um líquido que não vai funcionar com magias. Porém, é capaz de curar quaisquer doenças que você possa contrair em sua jornada. Adicione 2 pontos de SORTE por esse achado. Agora, vá para **92** para sair desta casa.

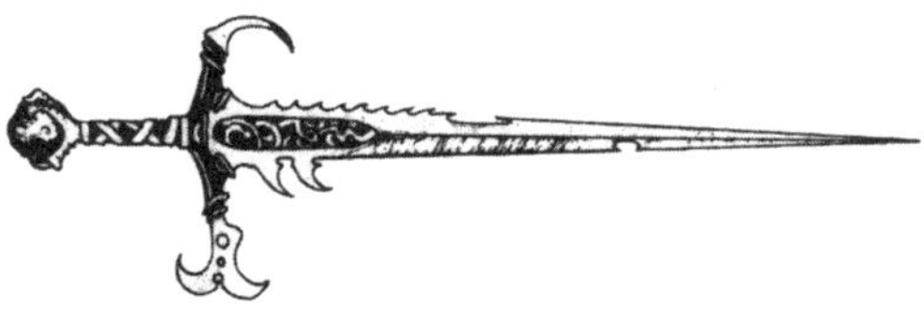

297

Palavra por palavra, você repete o cântico do espírito. Um silêncio antinatural domina a área. Essa estranha divindade da SORTE vai se mostrar? As nuvens se movem rápido, mas silenciosas, pelo céu. De repente, um trovão quebra essa quietude, seguido de um raio que cai dos céus no chão onde os Sete Espíritos estavam. Eles sumiram! Você os chama com uma voz ameaçadora, mas que não oculta o medo que está tentando disfarçar. A voz do espírito volta, mas dessa vez é um riso zombeteiro que enche o ar. Ela o circunda, dando voltas e voltas, gargalhando até diminuir pouco a pouco. Quando o faz, a voz suave de uma mulher o chama, e soa familiar. "Eles o enganaram! Os espíritos malignos foram enviados pelo Arquimago e você caiu na armadilha deles! Em sua inocência, amaldiçoou meu nome três vezes com seu cântico. Não posso ajudá-lo no que está por vir." Quando a voz de sua deusa some, o riso ressurge. O rosto do espírito aparece à sua frente. Sua boca se abre em um riso de desprezo e o rosto incha, crescendo até ficar do tamanho de seu corpo. Ainda assim o riso ecoa em seus ouvidos. Zombando, gargalhando, debochando… Você ergue a mão aos seus ouvidos para tentar fazer o barulho parar. O rosto agora tem duas vezes o seu tamanho e, quando você olha para sua bocarra cavernosa, é pego de surpresa! Uma língua longa, vermelha e ofídia sai, agarra você rapidamente e o abocanha. Você não sai da garganta do espírito. Se seu destino é a morte ou uma vida no limbo, nunca vai saber. Mas uma coisa é certa: você nunca mais vai voltar para este plano de vida.

298

Você concorda com os termos dela e se curva à imagem na estátua. Ela deixa você sair do templo sem mais ferimentos, mas o preço é alto. Nunca mais durante sua missão em busca da Coroa dos Reis você vai poder chamar a ajuda de Libra. Está sozinho em Kakhabad! Agora pode sair da área. Vá para **309**.

299

Você sai da caravana. Oolooh o segue até a porta, com uma expressão aborrecida. Do lado de fora, o velho elfo e uma pequena multidão estão reunidos. "Ora!", grita Oolooh. "Perdi meu tempo! Essa criatura miserável não oferece nada por nossos tesouros. Mande o sapo chifrudo embora, Cesstar!" Vá para **288**.

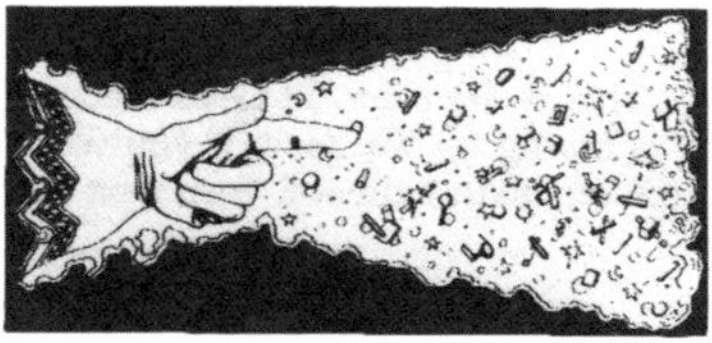

300

Quando você se levanta para sair, seu pé desloca um pedaço de pedra, que rola ladeira abaixo. No meio, ele para de forma antinatural e retorna da queda! Ele rola em sua direção e você observa, espantado, quando atinge seu calcanhar de forma bem dolorosa (reduza 1 ponto de ENERGIA). Você tenta esfregar seu calcanhar e um tremor sacode o solo e o derruba. O pico da pedra explode no ar, como se fosse uma erupção vulcânica, jogando pedras em todo canto. Você vai correr para evitar as pedras que caem (vá para **30**) ou lançar uma magia?

DOZ	MAG	WOK	FOG	HUF
453	378	477	447	428

301

Você desce no buraco para falar com o encantador de serpentes. Ele parece um pouco amigável demais e você não tem certeza se deve ou não confiar nele. As cobras estão todas lhe observando, mas sem se mover. Ele pergunta sobre os artefatos que você coletou em sua viagem e se você gostaria de lhe mostrar alguns. Você vai abrir sua mochila para lhe mostrar o que tem dentro (vá para **87**) ou recusar e lhe fazer perguntas sobre ele (vá para **108**)?

302

A noite sem lua torna sua jornada difícil, pois você não enxerga quase nada em volta. Mas a noite passa e no amanhecer você volta a ser capaz de enxergar seu caminho com clareza. Reduza 2 pontos de ENERGIA por continuar noite adentro e outros 3 pontos de ENERGIA se não tiver comido nada ontem. Agora, em qual direção quer ir? Vai seguir para nordeste (vá para **15**) ou para noroeste (vá para **217**)?

303

Sem aviso, as borbulhas voltam, desta vez a bombordo. Rompendo a superfície da água, uma forma se ergue no ar. Uma cauda de cobra enrolada sai do lago com asas de água e flutua, pingando, no ar. Essa criatura é feita de água, e o encara com ódio, pronta para atacar. Você vai lançar uma magia?

WOK	FOF	RAZ	MUD	HOT
436	**493**	**414**	**473**	**385**

Ou enfrentá-la de outra forma (vá para **172**)?

304

Meia hora depois, ainda não há sinais de vida inteligente perto da orla do lago. Na verdade, se você tiver chegado a esta referência, é provável que tenha de esperar por muito tempo por um meio de cruzar o Lago Ilklala. É possível cruzar o lago, mas só se tiver como chamar o barqueiro. Se não souber como chamá-lo, esta aventura termina aqui.

305

O arbusto estrangulador o aperta cada vez mais forte. Seus esforços são em vão e você começa a ter dificuldade para respirar. Não é possível mexer seus braços, então você não pode lançar uma magia. Se quiser sobreviver a este encontro, sua única chance é rezar para Libra. Se ainda não tiver pedido a ajuda de sua deusa nesta aventura, vá para **56**. Se já tiver, sua aventura termina aqui.

306

Voltando para a trilha, você a segue até encontrar uma bifurcação. Vai para a esquerda (vá para **244**) ou para a direita (vá para **214**)?

307

Quando você sai da fenda, a cobrinha verde se enrosca em sua perna, de novo. A resposta finalmente o ilumina! É preciso matar a criaturinha! Vá para **263**.

308

Os barulhos ficam mais altos enquanto você encontra uma fenda adequada que pelo menos vai lhe fornecer algum abrigo. Você espera a chuva começar a cair e se prepara usando sua túnica de couro como cobertura. Mas a chuva não cai. Na verdade, o vento volta e dessa vez é um redemoinho! Desesperado, você tenta agarrar seus pertences para que esta tempestade de areia furiosa não os leve. Você protege seus olhos e rosto do vento abrasivo, mas a força é tremenda. Role um dado para ver o que lhe acontece:

Rolagem	
1 – 2	Vá para **44**
3 – 4	Vá para **141**
5 – 6	Vá para **219**

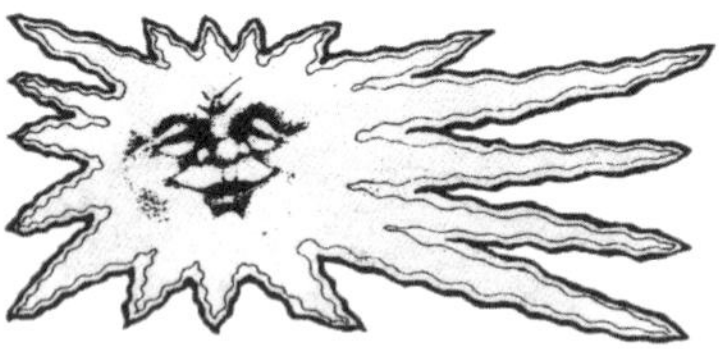

309

Daqui, você pode continuar para norte (vá para **149**) ou para nordeste (vá para **15**). Que direção vai escolher?

310

Que magia vai escolher?

NAP	MAG	FIX	DIM	SUS
470	**452**	**433**	**487**	**424**

Se não conhecer nenhuma delas, deve enfrentar a criatura com uma arma. Vai usar uma arma normal (vá para **32**) ou uma arma de prata (vá para **84**)?

311

Você acha isso suspeito e o segue com cuidado para a caravana. Então sua oportunidade surge. Você se esgueira entre duas carruagens e para fora do acampamento. Os elfos das trevas gritam e vários arqueiros preparam seus arcos e atiram em você durante a fuga. Role um dado. Este é o número de flechas que eles soltaram enquanto você fugia. Para cada flecha, você precisa *testar sua sorte*. Se for *sortudo*, a flecha erra. Se for *azarado*, a flecha acerta e o fere. As primeiras três flechas (ou menos que três se você tiver rolado um número baixo) vão infligir 2 pontos de ENERGIA de dano. Se tiver rolado mais que três, quaisquer flechas subsequentes só lhe causam 1 ponto de ENERGIA de dano, pois você já vai estar mais adiante. Quando estiver fora de alcance, pode escolher sua direção. Vá para **269**.

312

O homem corre para um canto do buraco e põe a flauta nos lábios. Você corre na direção dele para eliminá-lo, mas, quando avança, uma estranha sensação o domina. Vá para **248**.

313

Quando empunha sua arma, eles sacam arcos, preparando flechas e mirando em você. Vocês olham uns para os outros e agora vai ser preciso escolher sua próxima ação. Vai deixar cair sua arma e lançar rapidamente uma magia (vá para **175**) ou partir para cima deles e atacá-los (vá para **70**)?

314

Os falcões-noturnos circundam e se preparam para outro ataque. De repente, saem de formação e seus gritos ganham um tom diferente. Algo os perturbou e eles parecem estar em um estado de confusão. Mas você não vê nada.

Um instante depois, uma forma aparece no ar no meio deles. Os falcões-noturnos gritam quando uma águia-de-crista-dourada surge e os ataca com seu bico mortífero. Você fica feliz por sua boa fortuna. Águias-de-crista-dourada são criadas e treinadas em Analand como pássaros de guerra. Mas o que essa grande águia está fazendo tão longe de casa?

A águia atinge um dos falcões-noturnos com seu bico afiado e corta outro com suas garras. Os dois pássaros que sobram se viram para oeste e fogem para a segurança. Com a ameaça dispersada, a águia desce e aterrissa ao seu lado. Em seu pescoço, está um pequeno tubo com uma mensagem, lacrada com o selo real do rei de Analand, que você desenrola e lê:

"Esperamos que estas notícias o alcancem em boa saúde, mas devemos lhe advertir do perigo vindouro. Sua missão foi descoberta!
Os olhos de Mampang descobriram nosso plano e a mensagem está a caminho da fortaleza das trevas.
Tarde demais, descobrimos nossos bisbilhoteiros indesejáveis e as notícias sobre sua missão estão sendo levadas para o Alto Xamen pelas Sete Serpentes, as servas mais confiáveis do Arquimago. A esta altura, já chegaram às Baklands e aí vão se dividir para concluir sua jornada.
Se ainda for capaz, procure-as, pois elas vão precisar parar para descansar e comer. Destrua as criaturas antes que cheguem ao seu objetivo, ou o Arquimago vai preparar boas-vindas mortais para você.
Encontre Shadrack, o Eremita, para obter conselhos, pois nada se move pelas Baklands sem seu conhecimento.
Nossos corações estão com você."

Você olha de volta para o grande pássaro que lhe trouxe esse bem-vindo aviso, mas ele não está mais ali. Tendo entregado a mensagem, o pássaro, sem dúvida, está a caminho de Analand, voando seguro sob o manto da invisibilidade.

Estudando mais uma vez a mensagem, você a guarda na túnica. As instruções são sábias. Para o sucesso de sua missão, você certamente vai precisar encontrar e destruir as mensageiras do Arquimago antes que as notícias de sua presença cheguem a Mampang. Vá para **48**.

227
6 GP
8
10 GP
177
4 GP
88
8 GP
17
4 GP
124
8 GP
93
2 GP
SEGREDOS DAS BAKLANDS
203
2 GP
31
2 GP
51
4 GP
153
6 GP

315

O velho elfo o leva para o centro do campo, onde está uma grande caravana. Sua porta é guardada por dois elfos armados. "Diga a Oolooh que temos um cliente", ele ordena a um dos guardas, que sobe na caravana para informar sua chegada. Um rosto fino surge na porta. "E que tipo de freguês podemos ter encontrado aqui no meio de Baddu-Bak?", pergunta o rosto. "Aha! Um humano! Bem, venha, venha, entre! Vejamos que negociações podemos fazer um com o outro, sim? Entre, entre, venha!" Ele gesticula para que o siga. Seus olhos se iluminam quando você entra na caravana. É um verdadeiro tesouro de equipamentos, itens valiosos e mágicos. Oolooh o olha por cima de óculos em formato de meia-lua. Está folheando algum tipo de catálogo. "E qual é sua arte, estranho? Armas? Feitiçaria? É um artesão? Ou que tal alguns bons tesouros como presentes para o fim de sua jornada? Temos de tudo, e a preços justos ainda por cima!" Você pausa para olhar suas prateleiras enquanto ele fala. "Que tal a peça 227, um belo machado debastador? Muito útil se estiver indo para o norte e só custa 6 peças de ouro. Ou a peça número 93, um pêndulo de bronze? Sempre para baixo, nenhuma magnetita pode defleti-lo, 2 peças de ouro para você. Ou um belo anel de pérola — a peça número 124 —, que é um presente digno de um rei? Mas esta custa 8 peças. Ou um saco de ampedas... vejamos... sim, a peça número 17. Provisões ideais para longas jornadas. Só 4 peças de ouro pelo saco inteiro."

Se tiver ouro, pode comprar dele qualquer coisa que quiser das prateleiras (ilustração ao lado). Se preferir trocar, pode selecionar qualquer coisa (menos sua arma) que tenha consigo para oferecer em troca. Role dois dados para cada um dos itens que oferecer para testar sua HABILIDADE como comerciante. Se o número rolado for igual à sua Habilidade, ele vai considerar um valor de 3 peças de ouro para sua oferta. Você pode trocar o item por qualquer coisa que valha até 3 peças de ouro, ou oferecê-lo junto a outra coisa se quiser algo que custe mais de 3 peças de ouro. Se a rolagem for menor que sua Habilidade, o elfo vai considerar como tendo um valor maior. Ele vai aceitar seu valor como 3 peças de ouro, mais a diferença (em peças de ouro) entre sua Habilidade e a rolagem do dado. Por exemplo, se sua Habilidade for 7 e você rolar um 5, então o item vale 3 peças de ouro mais a diferença (2), ou seja, 5 peças de ouro em troca de qualquer coisa que ele tenha a oferecer.

Se não tiver nada a oferecer, ou não quiser fazer compras ou trocas aqui, vá para **299**. Se comprar algo, pode descobrir o que é indo para a referência com o mesmo número da peça que comprou.

316

Os barulhos ficam mais altos até que um grupo de três goblins-do-pântano chega à sua clareira. Vocês ficam cara a cara. São criaturas feias com narizes arrebitados, dedos com membranas e claramente estão surpresos em vê-lo. Deseja sacar sua espada (vá para **194**), falar com eles (vá para **208**) ou lançar uma magia?

GOB	NIF	POP	RAP	NIP
459	**331**	**484**	**396**	**347**

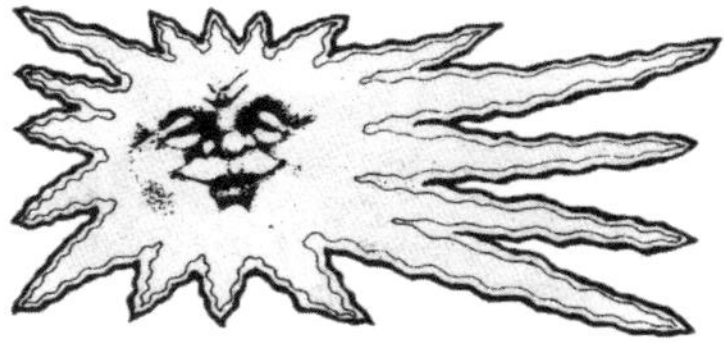

317

Ela dá um riso de desprezo. "Acha que eu ajudaria alguém que quer erguer uma espada contra mim? Não lhe direi nada. Suma! E rápido, antes que sinta mais uma vez o poder de Fenestra!" Ela olha em sua direção e seus grandes olhos começam a brilhar como carvão em brasa. Você decide que é melhor não arriscar descobrir o que ela planeja e volta para a porta. Lá fora, você retorna ao caminho e segue sua jornada. Vá para **92**.

318

Você segue pela trilha para noroeste. Vá para **47**.

319

Você tira suas botas de pele de borrin da mochila e começa a calçá-las. A serpente rasteja pelos galhos acima, observando-o. Antes que possa colocar as botas, ela salta da árvore e se enrola em você! Você consegue arremessá-la para outro canto, mas agora precisa enfrentar a criatura.

SERPENTE DO FOGO HABILIDADE 13 ENERGIA 12

Se vencer a batalha, vá para **306**.

320

Você desesperadamente reza para Libra e se esquiva das pedras que caem, esperando pela ajuda dela. Outra pedra passa raspando pela sua perna — reduza 1 ponto de ENERGIA. Você ouve uma voz suave e musical dentro de sua cabeça, chamando seu nome. A deusa está respondendo! Você escuta: "...você é um de meus servos mais leais e eu quero muito ajudá-lo em sua missão. Mas mesmo uma divindade não pode ajudar se a reza vem do templo de outro deus. De fato, isso é um insulto aos deuses. Sei que sua reza foi inocente e por isso eu o perdoo. Mas não posso ajudá-lo com este perigo..."

Você pragueja. Claro! É blasfêmia chamar por um deus no templo de outro. Mas, enquanto você pragueja, outra pedra atinge sua cabeça e o faz recuar de dor — reduza 3 pontos de ENERGIA. Como vai sair daqui? Vai rezar para a deusa do templo (vá para **206**) ou abrir o alçapão (vá para **156**)?

321

Na tenda da cozinha, você é apresentado como um viajante rico que deseja comprar comida. O cardápio é simples. Por 6 peças de ouro, você ganha uma tigela de sopa de bagaço, seguida de kanastra com pão e um caneco de chá de ervas. Se puder pagar por isso, gaste seu dinheiro e vá para **163**. Se não puder, ou não quiser comprar isso, vá para **192**.

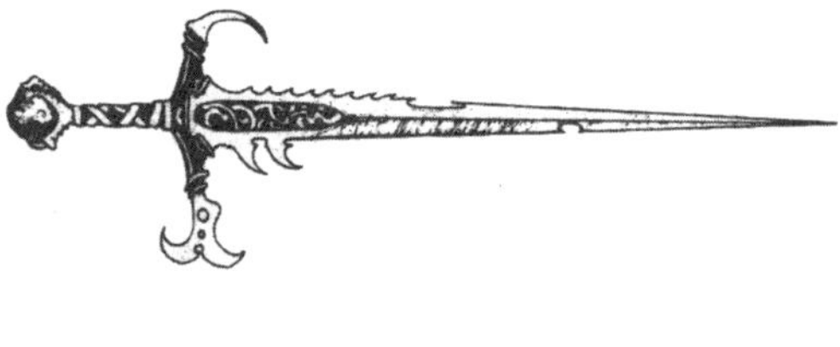

322

Você sai da pedra e segue pelas estepes. Vai seguir para noroeste (vá para **149**) ou para nordeste (vá para **73**)?

323

Você ordena que eles lhes revelem quem são de verdade. Eles ficam em silêncio. Você lhes diz para informar quem são seus deuses. Novamente, silêncio. Mas uma transformação está acontecendo. Sob seus mantos, algo ocorre, mas seus rostos estão ocultos, então é impossível ver o quê. Você lhes ordena que se revelem! Aos poucos, cada fantasma leva a mão ao seu capuz. Juntos eles puxam seus capuzes e a visão revelada o faz gelar de terror! Cada espírito agora tem a cabeça de uma serpente sibilante, investindo e se torcendo em sua direção! Em um pânico cego, você corre do círculo e vai para a floresta, sem ousar olhar para trás. O choque vai lhe custar 1 ponto de HABILIDADE. Quando está a uma distância segura deles, você diminui sua velocidade. À sua frente está a próxima etapa de sua missão: a Floresta dos Snatta. Vá para **133**.

324

Antes que você parta, Fenestra se oferece para ajudá-lo dando-lhe um presente. Ela oferece:

Uma poção medicinal	Vá para **296**
Um talismã de boa sorte	Vá para **195**
Um apito de chamada	Vá para **221**

Você pode escolher um desses. Vá para a referência indicada para descobrir o efeito do item. Também vá para **221** se tiver coletado um apito de Fenestra antes.

325

Você cai no chão com muita dor. O líder dos homens-cavalo vai até você e o golpeia com o casco. Vendo que você não está em condição de reagir, ele se abaixa e vasculha suas posses, pegando todas. Os homens-cavalo o deixam para morrer. Mas você não está morto ainda. Depois de descansar um pouco, você pode ir adiante, mas agora perdeu todos os seus artefatos e provisões. Vá para **273**.

326

Sem piedade, você se adianta para dar o golpe final. Seu oponente cai no solo, para nunca mais assustar aventureiros desprevenidos. Você o vira para cima com o pé. Quando o toca, algo acontece, fazendo com que você gele. Vá para **143**.

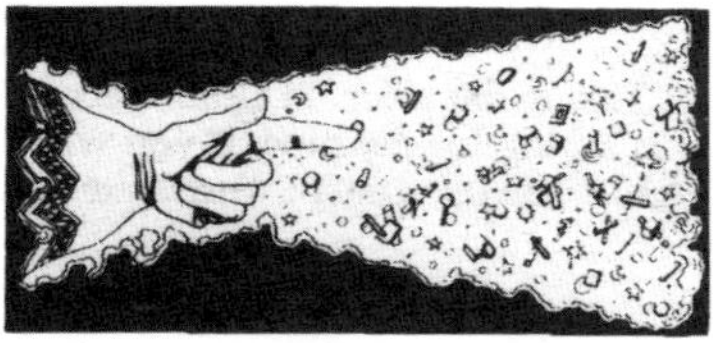

327

Você saca sua arma e grita para a criatura ingrata, dizendo-lhe que devolva o presente. "Mas eu nunca devolvo meus presentes!", ela ri. "Um presente não é um presente se tiver que ser devolvido!" Isso o enfurece e você corre para cima da criatura. Ela faz um gesto rápido com um dedo, apontando seus pés. Suas botas parecem ganhar vida própria e você tropeça, caindo de cabeça no chão. Sua testa atinge uma pedra e você fica inconsciente. Reduza 3 pontos de ENERGIA. Você acorda pouco tempo depois e a criatura não está em lugar nenhum. Vá para **114**.

328

Um trovão acima de você confirma seus medos. A tempestade está o seguindo! Você para e procura qualquer abrigo, mas não há nenhum por perto. A tempestade está prestes a cair, e você não tem alternativa a não ser se enrolar em suas roupas e seguir adiante. Vá para **247**.

329

O caminho é bem amplo e parece ser muito usado. Mas não há sinal de quem, ou o que, o utiliza. Durante a maior parte da manhã, você o segue pelo mato até que chega a uma área onde dois caminhos convergem. Mais adiante dali, a trilha se torna muito mais estreita. Você está seguindo uma trilha pouco usada — mas ainda assim, com certeza, é a trilha para o Lago Ilklala. Você se espreme entre dois arbustos que tomaram o caminho e fica embaraçado neles. Isso é bem irritante e você tenta se libertar. Um calafrio o domina. Você está ficando mais enrolado! O próprio arbusto parece se enrolar à sua volta! Em pouco tempo, você não vai conseguir se mover — o que vai fazer? Sacar sua arma (vá para **167**) ou lançar uma magia?

NIP	GOB	ROK	FIX	HOT
466	**346**	**368**	**448**	**387**

Se tiver essência de casca, vá para **212**. Se tiver um machado debastador, vá para **196**.

330

A voz suave de uma mulher alcança seus ouvidos. Você olha em volta, mas não vê ninguém. "Não tema", ela sussurra. "Você não pode me escutar, mas estou com você. Pois o pergaminho que encontrou é um item valioso, mas um que um guerreiro como você não poderia entender. Escrito neste pergaminho, há um cântico que torna impotente a Serpente do Tempo. Use-o e não tema a criatura. Isso é tudo o que posso lhe dizer, exceto por uma coisa: se encontrar a serpente, não tente enfrentá-la com sua arma ou com magia. Em vez disso, levante o pergaminho e recite o cântico como puder." A voz desaparece e você desenrola o pergaminho. Você encontra uma ilustração

com esse cântico na página ao lado da referência **410**. Se encontrar a Serpente do Tempo e conseguir entender esse pergaminho, ele vai sugerir um número de referência. Vá para esse número de referência em vez de enfrentar a serpente. Agora volte para **270** e continue.

331

Reduza 1 ponto de ENERGIA. Você lança sua magia e cria um cheiro horrível, que enche e engolfa a área. Os narizes dos goblins-do-pântano parecem coçar e você espera para ver as reações deles. Porém, para sua infelicidade, essas criaturas repugnantes gostam do fedor que você criou! E você tem tampões de nariz? Caso contrário, o cheiro vai o deixar enjoado por alguns instantes (reduza 3 pontos de ENERGIA) e o força a sair da área — vá para **168**. Se tiver tampões de nariz, fica seguro de qualquer perigo e pode escolher entre lutar com os goblins (vá para **194**) ou fugir deles (vá para **168**).

332

Reduza 4 pontos de ENERGIA. Você lança a magia, mas nada acontece, pois essa magia só funciona em criaturas não inteligentes. Volte para **49** e escolha novamente.

333

Reduza 1 ponto de ENERGIA. Você tem um cajado de muda de carvalho? Se não tiver, não pode usar essa magia, e o urso ataca, causando 2 pontos de ENERGIA de dano — vá para **139**. Se tiver esse cajado, pode segurá-lo e lançar sua magia. O urso imediatamente para, ficando imóvel. Você pode levar o tempo que precisar para sair dali e seguir sua jornada. Vá para **20**.

334

Reduza 1 ponto de Energia. Você tem uma joia do sol? Se não tiver, reduza 3 pontos de Energia, pois o besouro o ataca enquanto você tenta fazer a magia funcionar, e vá para **286**. Se tiver uma joia do sol, sua magia vai fazer com que ela brilhe forte e direto nos olhos do besouro. Você aumenta o brilho até que a criatura se afaste. Como deduziu corretamente, é uma criatura do subsolo que não tolera luz forte. O besouro se enfia em seu buraco e desaparece abaixo da terra. Vá para **24**.

335

Reduza 2 pontos de Energia. Sua magia o protege de qualquer magia na área. Mas a causa da destruição do templo não é mágica. Novamente você precisa saltar para evitar ser atingido pelas pedras que caem e, mais uma vez, aterrissa mal. Reduza outros 2 pontos de Energia e vá para **135**.

336

Reduza 2 pontos de Energia. Você lança sua magia e fica protegido por um pequeno período de tempo de qualquer dano que sofreria por queda. Você agora pode sacar sua arma e subir na árvore (vá para **42**, mas, se o fizer, não vai sofrer quaisquer das penalidades descritas) ou pode procurar outros meios de ataque (vá para **197**).

337

Reduza 4 pontos de ENERGIA. Sua magia cria uma barreira mágica à sua frente. Os falcões-noturnos não podem atravessar essa parede, mas são facilmente capazes de voar em torno dela. Seu plano não vai os impedir. Vá para **258**.

338

É digno de nota que você tenha acabado com quatro das servas do Arquimago, um feito que vai além das capacidades da maioria dos mortais. Porém, as outras três serpentes agora viajam à sua frente para Mampang para avisar de sua chegada. Você vai precisar ter muita atenção na etapa final de sua missão. Vá para **498**.

339

Reduza 1 ponto de ENERGIA. Você tem uma peruca verde? Se não, essa magia não vai funcionar. Se sim, você a coloca na cabeça e lança a magia, falando com a cobrinha. Ela não responde. É melhor sacar sua arma e enfrentá-la (vá para **52**).

340

Reduza 2 pontos de ENERGIA. Você secretamente lança sua magia sobre o campeão e espera fazer efeito. De fato, a ferocidade dele diminui e sua expressão muda de raiva para um olhar mais calmo e quase pacífico. Mas a luta tem que continuar. Vá para **280** e resolva sua batalha com ele, mas reduza a HABILIDADE dele em 3 pontos devido à sua magia.

341

Reduza 2 pontos de ENERGIA. Você lança sua magia, e ela o protege de quaisquer armadilhas mágicas que os elfos possam ter preparado para você. Agora você vai seguir o velho (vá para **151**) ou planejar uma fuga (vá para **311**)?

342

Sua conquista foi grande: derrotar cinco das serpentes do Arquimago é um feito digno de um verdadeiro campeão de Analand. Porém, as serpentes restantes já estão voando à sua frente para avisar o mestre delas sobre sua localização e sua missão. Dito isso, ter sobrevivido às Baklands aumentou sua confiança e resistência. Restaure sua ENERGIA ao seu nível inicial e vá para **498**.

343

Você tem dentes de goblin? Caso contrário, sua magia não vai funcionar e, enquanto você tenta lançá-la, dois cortes aparecem em seu braço quando os snattacats atacam – reduza 3 pontos de ENERGIA, saque sua arma e vá para **99**. Se tiver dentes de goblin, você joga dois deles no chão e lança sua magia neles (reduza 2 pontos de ENERGIA). Dois goblins aparecem à sua frente e você lhes ordena que ataquem os snattacats. Mas, como seus oponentes estão invisíveis e os goblins são criaturas bem burras, os snattacats os matam facilmente. Agora você precisa sacar sua arma e enfrentá-los por sua conta (vá para **99**) ou fugir (vá para **246**).

344

Reduza 1 ponto de ENERGIA. Você tem um espelho de ouro? Se não tiver, não pode usar essa magia e a criatura o ataca enquanto tenta em vão — reduza 2 pontos de ENERGIA e vá para **188**. Se tiver um espelho de ouro, segure-o e lance sua magia. *Teste sua sorte*. Se for *sortudo*, vá para **381**; se for *azarado*, vá para **365**.

345

Reduza 2 pontos de ENERGIA. Você lança a magia e agora está seguro contra qualquer magia que possa vir do ar. Infelizmente, não há magia perto de você. Enquanto isso, o besouro ataca e o pega desprevenido. Reduza outros 2 pontos de ENERGIA pelas feridas e saque sua arma. Vá para **286**.

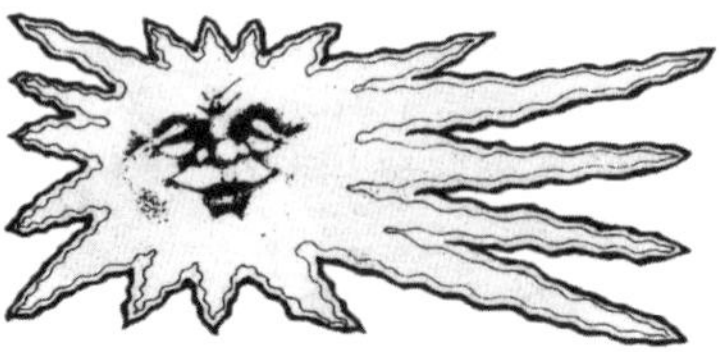

346

Você tem dentes de goblin? Caso contrário, sua magia não funciona — vá para **305**. Se tiver dentes de goblin, pode lançar sua magia neles para criar goblins que vão o ajudar. Reduza 1 ponto de ENERGIA para cada dente que usar (cada um cria um goblin). Quaisquer goblins que você criar vão o ajudar a se desembaraçar do arbusto estrangulador. Para determinar se você consegue escapar, role um dado e some à sua rolagem o número de goblins que o ajudam. Se o total dos dois for 6 ou mais, você se liberta (vá para **106**). Se o total for menos que 6, a planta lhe causa 2 pontos de Energia de dano e você pode tentar de novo, reduzindo 2 pontos de Energia sempre que falhar. Quando tiver começado a tentar se livrar, não vai poder criar outros goblins, então tenha a certeza de ter criado o bastante para se livrar!

347

Reduza 1 ponto de Energia. Você tem pó amarelo? Se não tiver, essa magia não funciona; quando você tenta correr, os goblins o agarram — saque sua arma e vá para **194**. Se tiver pó amarelo, pode cheirá-lo e lançar sua magia para lhe dar o poder da velocidade — vá para **168** para fugir da área.

348

Reduza 1 ponto de Energia. Você tem poções medicinais ou suco de mirtiolate? Caso contrário, vá para **236**. Se tiver um desses, sua magia vai fazer efeito de cura. Você pode devolver sua Energia ao seu nível inicial e agora é melhor sair deste buraco. Vá para **211**.

349

Reduza 4 pontos de Energia. Você lança sua magia e joga uma bola flamejante contra a raposa. Quando ela a atinge, explode — mas a raposa está ilesa! Saque sua arma e vá para **256**.

350

Reduza 1 ponto de Energia. Você tem uma corneta dos ventos? Caso contrário, não pode usar essa magia — vá para **395**. Se tiver uma corneta dos ventos, pode lançar sua magia e soprar a corneta. Um enorme jato de vento sai da corneta, mirado direto na Serpente de Ar à sua frente. Ela tenta desesperadamente evitar a ventania, mas é pega por ela e sua forma desaparece, com seu corpo gasoso se dispersando. Você derrotou a criatura! Vá para **213**.

351

Reduza 1 ponto de ENERGIA. Você tem uma corneta dos ventos? Caso contrário, sua magia não vai funcionar e, enquanto você tenta usá-la em vão, a serpente o golpeia, causando 3 pontos de ENERGIA de dano — saque sua arma e vá para **54**. Se tiver uma corneta dos ventos, lance sua magia e sopre a corneta. Um tremendo jato de vento sai da corneta e atinge as asas da serpente, erguendo-a no ar. Vá para **127**.

352

Reduza 1 ponto de ENERGIA. Você tem pó de pedra? Se não tiver, não pode usar essa magia. Se tiver, jogue o pó no demônio e lance sua magia. Porém, como o demônio já é feito de pedra, sua magia é ineficaz. Tendo ou não pó de pedra, reduza 2 pontos de ENERGIA, pois um golpe do demônio de pedra o pega desprevenido. Então saque sua arma e vá para **268**.

353

Reduza 1 ponto de ENERGIA. Você tem uma flauta de bambu? Se não tiver, a magia não vai funcionar — vá para **248**. Se tiver uma flauta, você começa a tocá-la e lança sua magia. Um sorriso surge no rosto do homem. "Então, minhassss irmãssss", ele ri. "Nossssssso visitante também sssssabe tocar música." Mas sua reação não é a que você esperava da magia; ela não faz efeito nele. Pois ele também é um mestre da flauta mágica e a música dele está afetando você. Vá para **248**.

354

Reduza 1 ponto de ENERGIA. Você tem um orbe de cristal? Caso contrário, não pode usar essa magia — vá para **171** e escolha novamente. Se tiver um orbe de cristal, vá para **492**.

355

Reduza 4 pontos de ENERGIA. Você lança sua magia e um relâmpago parte de seu dedo contra a cobra. A criaturinha é vaporizada. Você agora pode sair da área. Vá para **309**.

356

Reduza 1 ponto de ENERGIA. Você tem uma joia de ouro? Caso contrário, essa magia não funciona e você vai ser atacado enquanto tenta lançá-la — reduza 2 pontos de ENERGIA e vá para **188**. Se tiver uma joia de ouro, pode usá-la e lançar sua magia. As criaturas param de avançar e suas expressões mudam de raiva para interesse. Elas abaixam as clavas e grunhem para você. Você não entende o idioma delas (se é que é um), mas troca algumas palavras por sinais até que elas se viram e se vão. Você agora pode continuar. Adicione apenas 1 ponto de ENERGIA pelo descanso noturno, já que seu sono foi perturbado, e reduza 3 pontos se não tiver comido nada ontem.

Agora você pode pegar suas coisas e partir. Vai seguir para noroeste (vá para **83**), norte-noroeste (vá para **283**) ou seguir direto para norte (vá para **60**)?

357

Você derrotou as Sete Serpentes! Realmente é um campeão digno de Analand. Seu sucesso agora significa que pode continuar sua jornada para a Fortaleza Mampang sem que saibam de sua presença: o Arquimago não vai ter sido avisado de sua chegada ou de sua missão. Assim sendo, pode começar sua próxima aventura no livro *A Coroa dos Reis* na referência **237** em vez da referência **1**. Aumente 2 pontos acima de sua HABILIDADE inicial e 1 ponto acima de sua SORTE *inicial* (esses se tornam seus novos valores de HABILIDADE e SORTE *iniciais*). Restaure sua SORTE e ENERGIA aos valores *iniciais*. Agora, vá para **498**.

358

Você tem dentes de goblin? Se não tiver, sua magia não funciona e, enquanto você tenta lançá-la, dois rasgos aparecem em seus braços, graças aos golpes dos snattacats — reduza 3 pontos de ENERGIA, saque sua arma e vá para **74**. Se tiver dentes de goblin, você joga dois no chão e lança sua magia neles (reduza 2 pontos de ENERGIA). Em um instante, dois goblins aparecem e você lhes ordena que ataquem os snattacats. Porém, como eles não enxergam seus oponentes, seus ataques não ajudam e os snattacats os matam facilmente. Você precisa sacar sua arma (vá para **74**).

359

Reduza 1 ponto de ENERGIA. Você tem uma corneta dos ventos? Caso contrário, não pode lançar sua magia — volte para **97** e escolha novamente. Se tiver uma corneta dos ventos, você lança sua magia e sopra a corneta. Um som de assobio fica cada vez mais alto até que uma rajada de vento sai da corneta e atinge o estranho enigma à sua frente. Ele luta para manter a posição, mas a força dessa rajada o faz voar para longe. Você agora pode escolher seu caminho para continuar. Vá para **322**.

360

Reduza 1 ponto de ENERGIA. Você tem cera de abelha? Caso contrário, sua magia não funciona e, enquanto você tenta lançá-la, os peixes-voadores atacam, causando 2 pontos de ENERGIA de dano — vá para **291**. Se tiver cera de abelha, pode esfregá-la em sua arma e lançar a magia. Agora vá para **291** e enfrente as criaturas, mas, durante esta luta, a arma inflige dano duplo (4 pontos de ENERGIA em vez dos 2 normais).

361

Reduza 1 ponto de ENERGIA. Você tem uma peruca verde? Se não tiver, sua magia não funciona e o urso ataca — reduza 2 pontos de ENERGIA e vá para **139**. Se tiver uma peruca verde, coloque-a na cabeça, lance sua magia e tente falar com o urso. Porém, só há uma mensagem que você consegue entender da criatura: ela está com fome e quer comida! Volte para **244** e escolha novamente.

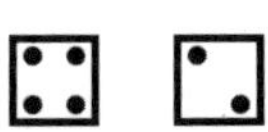

362

Reduza 1 ponto de ENERGIA. Você tem um dente de gigante? Se não tiver, não pode usar essa magia — volte para **115**. Se puder lançar sua magia sobre um dente de gigante, ela cria um gigante corpulento à sua frente. Você lhe ordena que quebre a pedra e o liberte. Ele faz um tremendo esforço, apesar do calor escaldante embaixo. Alguns instantes depois, consegue remover a pedra e sua perna fica livre. Com seu trabalho feito, o gigante some. Vá para **307**.

363

Reduza 4 pontos de ENERGIA. Você lança sua magia e um relâmpago parte de seu dedo para a criatura — e então através dela! Essa magia não vai lhe ajudar. Vá para **395**.

364

Reduza 2 pontos de ENERGIA. Você lança sua magia e percebe o desperdício de esforço. Já está na escuridão. Por que quer lançar essa magia? A serpente se diverte com seu erro e aproveita a situação, atacando rápido. Reduza 2 pontos de ENERGIA e saque sua arma. Vá para **45**.

365

Quando você lança a magia, uma das criaturas arremessa a clava contra o espelho, derrubando-o das suas mãos no chão. Ele cai e quebra. O espelho agora é inútil para você e vai precisar ser deixado para trás. Saque sua arma e vá para **188**.

366

Reduza 2 pontos de ENERGIA. Você lança sua magia e espera para que seu "conselho interno" o avise de qualquer perigo iminente. E, de fato, o velho elfo o está levando para uma armadilha. Você pode ir com ele e se planejar

para fugir daqui em um momento adequado (vá para **311**). Ou pode falar que gostaria de comprar provisões, na esperança de que um pouco de ouro alivie suas suspeitas (vá para **215**).

367

Reduza 2 pontos de Energia. Sua magia não faz efeito na serpente, pois foi criada para fazer agressores deixarem cair armas e outros objetos. Você deve enfrentar a serpente com sua arma. Vá para **54**.

368

Reduza 1 ponto de Energia. Você tem pó de pedra? Caso contrário, não pode usar essa magia — vá para **305**. Se tiver pó de pedra, salpique-o sobre o arbusto estrangulador e lance sua magia. Porém, ela não funciona em plantas e você vai ter de sacar sua arma para se livrar. Vá para **167**.

369

Reduza 1 ponto de Energia. Você tem pó de pedra? Caso contrário, não pode usar essa magia. Se tiver pó de pedra, pode lançar sua magia sobre algo (o que quiser). O que quer que seja vira pedra, mas isso não ajuda seu suplício. Podendo ou não lançar a magia, você ficou distraído com ela, e não percebe uma grande pedra caindo. Ela atinge suas costas. Reduza 3 pontos de Energia e vá para **135**.

370

Reduza 2 pontos de Energia. Você lança sua magia em uma pedra próxima e ela vira uma pequena pilha de tesouro; o baddu-besouro, porém, não se interessa e ignora sua ilusão. Ele balança uma grande garra e o acerta com força. Reduza 2 pontos de Energia. Você acha melhor enfrentá-lo com sua arma. Vá para **286**.

371

Reduza 1 ponto de Energia. Você tem areia? Caso contrário, sua magia não funciona — vá para **236**. Se tiver areia, jogue-a sobre a pedra quente e lance sua magia. Ela cria uma poça de areia movediça em torno da pedra e começa a afundar novamente na terra, borbulhando e fervendo. Quando ela some, você tem a chance de sair do buraco. Vá para **43**.

372

Reduza 1 ponto de Energia. Você tem cera de abelha? Se não tiver, essa magia não funciona, embora você ache que funcionou — vá para **268** para enfrentar o demônio, mas reduza 1 ponto de Habilidade, pois vai estar um pouquinho confiante demais. Se tiver cera de abelha, você também deve ir para **268**, mas a magia vai afiar sua lâmina, de forma que quaisquer golpes bem-sucedidos causam 4 pontos de dano, em vez dos 2 normais.

373

Reduza 1 ponto de ENERGIA. Você tem um cajado de muda de carvalho? Se não tiver, sua magia não funciona e os peixes atacam, causando 2 pontos de ENERGIA de dano (vá para **291**). Se tiver um cajado de muda de carvalho, sua magia vai afetar um pequeno número dos peixes-voadores, mantendo-os suspensos no ar. Mas a maioria deles ainda vai atacar. Vá para **291**, mas reduza 1 ponto de HABILIDADE dos peixes.

374

Reduza 1 ponto de ENERGIA. Você tem cola? Caso contrário, volte para **272** e escolha outro caminho. Se tiver cola, lance sua magia e jogue o vidro de cola em qualquer objeto que quiser. O objeto então fica preso na sua posição. Risque o vidro de cola de sua lista de equipamentos e volte para **272** para escolher novamente.

375

Reduza 1 ponto de ENERGIA. Tendo ou não uma joia solar, essa magia não o ajuda na sua situação atual. Volte para **115** e escolha novamente.

376

Reduza 1 ponto de ENERGIA. Você tem um frasco de cola? Caso contrário, não pode usar essa magia e vai ser atacado pelos snattacats enquanto tenta fazê-la funcionar — reduza 3 pontos de ENERGIA e vá para **99**. Se tiver um vidro de cola, arremesse-o contra um snattacat e lance sua magia. Porém, como as criaturas são invisíveis, vai ser questão de sorte saber se acerta um ou não. *Teste sua sorte*. Se for *sortudo*, consegue acertar um dos snattacats que avançam e só três vão atacar; se for *azarado*, você os erra. Agora, vá para **99** para enfrentá-los.

377

Reduza 4 pontos de ENERGIA. Você lança sua magia e uma bola flamejante aparece na palma de sua mão. A Serpente da Lua recua e o observa com cuidado, esperando que reaja. Rapidamente, você joga a bola de fogo contra ela! Ela se desvia para o lado, tentando não ser atingida, mas a bola de fogo a acerta. A serpente grita de agonia. Vá para **62**.

378

Reduza 2 pontos de ENERGIA. Você lança sua magia e espera que ela faça efeito, para protegê-lo de quaisquer armadilhas mágicas. Embora algo sobrenatural de fato esteja acontecendo, sua magia não é poderosa o bastante para protegê-lo das forças que agem aqui. Volte para **300** e escolha novamente.

379

Reduza 1 ponto de ENERGIA. Você tem um cajado de muda de carvalho? Caso contrário, não pode usar essa magia — volte para **49** e escolha novamente. Se tiver um cajado de muda de carvalho, pode lançar a magia e congelar o barqueiro onde ele está, recusando-se a libertá-lo a menos que ele concorde em levá-lo sem cobrar. Por fim, ele concorda. Vá para **110**.

380

Reduza 2 pontos de ENERGIA. Você lança sua magia e espera que ela faça efeito. Nada acontece! Essa magia só pode ser usada em um espaço fechado, não em uma área aberta. Enquanto você espera, um dos falcões-noturnos investe e fere seu rosto com o bico. Reduza outro ponto de ENERGIA. É melhor sacar sua arma antes que eles ataquem. Vá para **258**.

381

Quando você lança a magia, uma das criaturas arremessa sua clava contra o espelho, derrubando-o de sua mão para o chão. Você olha, apreensivo, mas, para suas sorte, o espelho não se quebra e você pode pegá-lo de volta na primeira oportunidade. Vá para **188**.

382

Reduza 1 ponto de ENERGIA. Você tem um espelho de ouro? Caso contrário, sua magia não funciona e o demônio de pedra o atinge, causando 3 pontos de ENERGIA de dano enquanto você espera que algo aconteça. Se você tiver um espelho de ouro, você o segura diante do rosto do demônio e lança a magia. À sua frente está uma duplicata exata do demônio e você ordena que ela ataque. Vá para **268** e conduza a batalha. Lembre-se de que sua duplicata do demônio tem a mesma HABILIDADE e ENERGIA que o original. Durante o confronto dos dois demônios, você pode tentar se libertar a cada rodada de ataque. Se sua criação perder, você vai ter de finalizar a batalha por você mesmo.

383

Reduza 4 pontos de ENERGIA. Você lança sua magia e cria um campo invisível ao seu redor, que os snattacats não têm como penetrar. Chega um momento em que eles desistem de tentar alcançá-lo e saem da área. Vá para **160**.

384

A magia faz efeito. "Um momento", diz o velho elfo. "Não é comum termos visitantes aqui. Que tal sermos hospitaleiros com nosso convidado?" Os outros assentem com a cabeça. "Venha, estranho, venha e experimente uma tigela de sopa de bagaço. Uma de nossas especialidades!" Você o segue para uma tenda de cozinha. Dentro, o cozinheiro lhe traz a sopa. Vá para **163**.

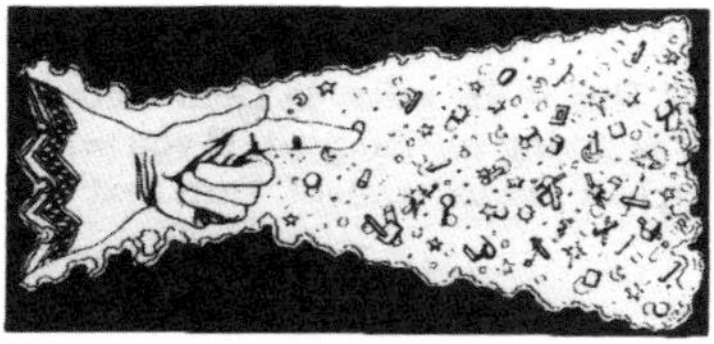

385

Reduza 4 pontos de ENERGIA. Você lança sua magia e cria uma série de pequenas bolas de fogo, que arremessa contra a criatura. Você acerta, mas seus projéteis se apagam assim que entram em contato com a Serpente da Água. Vá para **172** e escolha outro método para lidar com ela.

386

Embora você tenha derrotado uma das serpentes, as outras seis escaparam e agora voam com toda a pressa para a Fortaleza Mampang para avisar seu mestre de sua chegada. É um crédito para você ter sobrevivido à jornada até aqui, mas sua falha em derrotar as serpentes significa que vai precisar de toda a sua coragem e atenção na etapa final de sua missão. Reduza 2 pontos de HABILIDADE, 1 ponto de ENERGIA e 2 pontos de SORTE por isso, e vá para **498**.

387

Reduza 4 pontos de ENERGIA. Você lança sua magia e cria uma bola de fogo na palma da mão. Porém, quando tenta decidir onde atacar, percebe que esse método de ataque é arriscado demais para você. Como o arbusto estrangulador se enroscou todo em você, não há onde queimá-lo efetivamente sem queimar a si mesmo! Melhor tentar puxar sua arma. Vá para **167**.

388

Reduza 1 ponto de ENERGIA. Você tem um bracelete de osso? Caso contrário, não consegue fazer a magia funcionar — vá para **248**. Se tiver um bracelete de osso, você o põe no pulso e lança sua magia. Então, se concentra na ilusão de que as cobras do encantador de serpentes estão escapando, rastejando para fora do buraco. O homem deixa cair sua flauta e corre atrás delas. Isso o atrasa por tempo o bastante para que você olhe em volta no buraco. Mas tenha cuidado, pois as cobras verdadeiras ainda estão aí! Vá para **260**.

389

Reduza 1 ponto de ENERGIA. Você tem areia? Caso contrário, não pode usar essa magia — volte para **97** e escolha novamente. Se tiver areia, jogue-a no chão sob o que quer que esteja na sua frente e lance sua magia. Mas nada acontece. O estranho enigma diante de você não está, na verdade, tocando o solo, então não é afetado pela areia movediça que você criou abaixo dele. Deseja investigar com mais cuidado (vá para **157**) ou ignorá-lo e continuar (vá para **322**)?

390

Reduza 4 pontos de ENERGIA. Sua magia faz efeito e você é cercado por uma aura de proteção. Porém, ela não faz nada para libertar sua perna. Volte para **115** e escolha novamente.

391

Reduza 2 pontos de ENERGIA. Você lança sua magia e ela afeta um dos inimigos, que sacode a cabeça e olha, atordoado, para os outros. Agora é sua chance de ir para o ataque. Vá para **70**. Mas o inimigo sob efeito de sua magia (você escolhe qual) não se junta à luta e você pode matá-lo facilmente quando tiver acabado com os outros dois.

392

Reduza 1 ponto de ENERGIA. Você tem um bracelete de osso? Caso contrário, não pode usar essa magia. Mas, mesmo se tiver um bracelete de osso, sua magia não é poderosa o bastante para afetar a Serpente da Lua. Podendo ou não lançar essa magia, ela não funciona e a serpente o golpeia. Reduza 2 pontos de ENERGIA, saque sua arma e vá para **45**.

393

Sua longa viagem pelas Baklands está quase no fim. Tendo saído dos Pântanos Vischlani, você agora está no sopé dos Picos Zanzunu, de onde vai subir pelo Xamen para a Fortaleza Mampang. Mas sua chegada já está prevista? Quantas das Sete Serpentes você matou ou deixou presa, incapazes de avisar o Arquimago sobre sua missão?

Nenhuma serpente?	Vá para **496**
Uma serpentes?	Vá para **386**
Duas serpentes?	Vá para **479**
Três serpentes?	Vá para **444**
Quatro serpentes?	Vá para **338**
Cinco serpentes?	Vá para **342**
Seis serpentes?	Vá para **435**
Sete serpentes?	Vá para **357**

394

Reduza 1 ponto de Energia. Você tem uma joia de ouro? Se não tiver, sua magia não funciona e você vai precisa seguir o velho elfo — vá para **151**. Se tiver uma joia de ouro, vá para **384**.

395

A forma espiralada chega cada vez mais perto, à sua volta, tentando asfixiá-lo! Reduza 2 pontos de Energia e decida rápido o que vai fazer a seguir. Vai sacar sua arma e tentar enfrentar a criatura (vá para **261**), ver se há algo que possa fazer pelo barqueiro (vá para **21**) ou prefere tentar outra magia?

DUM	KIN	SIX	HUF	ZAP
464	**419**	**482**	**350**	**363**

396

Reduza 1 ponto de Energia. Você tem uma peruca verde? Caso contrário, não pode usar essa magia e deve escolher entre correr dos goblins (vá para **168**) ou sacar sua arma e enfrentá-los (vá para **194**). Se tiver uma peruca verde, vá para **410**.

397

Reduza 4 pontos de Energia. Você lança sua magia e cria um escudo invisível à sua volta. A cobra não consegue penetrar seu escudo até que finalmente decide rastejar para longe. Você agora pode sair da área. Vá para **309**.

398

Reduza 1 ponto de Energia. Você tem um anel de pérola? Caso contrário, a magia não funciona; você não fica invisível, mas vai acreditar que está — vá para **74** e enfrente os snattacats, mas reduza 2 pontos de sua HABILIDADE durante a batalha. Se tiver um anel de pérola, pode lançar essa magia e, invisível, sair da área. Vá para **271**.

399

Reduza 1 ponto de ENERGIA. Você tem pedrinhas? Caso contrário, não pode lançar essa magia. Se tiver pedrinhas, lance a magia sobre elas e arremesse-as na porta. Elas atingem a porta e explodem com um estrondo, mas essa porta é resistente e não é afetada. Volte para **171** e escolha novamente.

400

Reduza 1 ponto de ENERGIA. Você lança sua magia e um cheiro horrível enche o ar. A raposa sente o fedor, que invade suas narinas. Então, uiva de horror e, com o rabo entre as pernas, se vira e corre para longe. Porém, o cheiro também vai afetá-lo. Você tem tampões de nariz? Caso contrário, o fedor horrível vai lhe fazer passar mal, causando 3 pontos de ENERGIA de dano. Se tiver os tampões, não será afetado e poderá seguir seu caminho. Vá para **95**.

401

Reduza 2 pontos de ENERGIA. Quando a magia faz efeito, você tem a forte impressão de que os hieróglifos ocultam

uma armadilha — é melhor evitá-los. Se quiser abrir o alçapão, vá para **180**. Se quiser olhar em volta um pouco mais, vá para **101**. Se quiser ignorar o aviso e ler os hieróglifos, vá para **189**.

402

Reduza 1 ponto de ENERGIA. Tendo ou não a água abençoada necessária para realizar essa magia, ela não vai o ajudar, pois o efeito da magia é trazer os mortos de volta à vida. Até agora, ninguém morreu! Mas vê-lo tentar lançar a magia irrita o campeão klattaman, e ele o golpeia com sua clava de madeira. O golpe causa 3 pontos de ENERGIA de dano. É melhor sacar sua arma e ir para **280**.

403

Reduza 1 ponto de ENERGIA. Sua magia cria um cheiro horrível que cerca seu barco. Porém, infelizmente, esse fedor não tem efeito sobre os peixes-voadores. Você tem tampões de nariz? Caso contrário, a magia afeta você e, quando o cheiro chegar às suas narinas, vai precisar reduzir 3 pontos de ENERGIA. Agora saque sua arma e vá para **291**.

404

Reduza 2 pontos de ENERGIA. Essa magia não funciona ao ar livre. Volte para **49** e faça outra escolha.

405

Reduza 1 ponto de ENERGIA. Você tem uma flauta de bambu? Caso contrário, não pode usar essa magia. Se tiver essa flauta, você lança sua magia e toca o instrumento. Mas, para sua infelicidade, a serpente não é afetada pela magia (quer ela funcione ou não) e investe contra você. Reduza 2 pontos de ENERGIA e saque sua arma (vá para **45**).

406

Reduza 1 ponto de ENERGIA. Quer você tenha ou não o cajado de muda de carvalho necessário para lançar essa magia, ela não vai o ajudar. Reduza 2 pontos de ENERGIA com o aumento do calor e vá para **236**.

407

Reduza 4 pontos de ENERGIA. Você lança sua magia e joga uma bola de fogo contra a cobrinha. Em um instante, a cobra some, deixando para trás um esqueleto esturricado. Você agora pode sair da área. Vá para **309**.

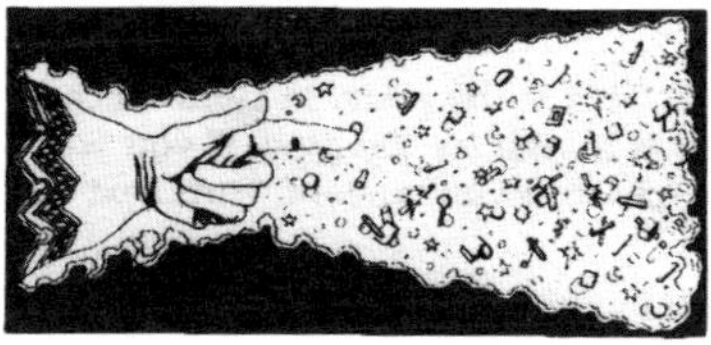

408

Reduza 2 pontos de ENERGIA. Você lança sua magia e um alarme mental começa a soar em sua cabeça, advertindo-o sobre essa figura. Sua música é encantada! O melhor a fazer é cooperar com ele ou sair o mais rápido possível. Se deseja cooperar, você pode se oferecer para mostrar o que tem na mochila (vá para **87**). Se quiser sair, pode se virar e rapidamente se retirar do buraco (vá para **318**). Ou você pode apenas escutar a música que ele toca (vá para **248**).

409

Reduza 4 pontos de ENERGIA. Você lança sua magia e aponta a porta, emitindo um relâmpago que atinge a fechadura. Com um estrondo, a porta treme contra as dobradiças e balança. Vá para **265**.

410

Você coloca a peruca na cabeça, lança a magia e começa a falar com os goblins. Seus resmungos incompreensíveis começam a fazer sentido e logo vocês estão conversando. Eles explicam que estão fugindo de uma grande serpente. Acreditam que ela tem poderes divinos, mas você lhes esclarece que deve ser apenas uma das mensageiras do Arquimago. Eles vêm tentando expulsar a criatura da área com a ajuda de um pergaminho sagrado que receberam da feiticeira da Floresta dos Snatta. Mas não conseguiam ler o pergaminho e agora não conseguem decidir o que fazer com ele. Você pede para olhar o pergaminho e um deles o mostra. A língua escrita nele é estranha e a mensagem está escrita na forma de uma pequena magia ou cântico.

Você estuda o cântico e consegue entender um pouco dele. Olhe a mensagem ilustrada ao lado. Ela pode sugerir um número de referência. Quando chegar à Serpente do Tempo, você provavelmente vai morrer, a menos que entenda a pista, na forma deste número de referência, a partir deste cântico. Se enfrentar a Serpente do Tempo, vá para essa referência (nenhuma opção vai ser dada) e, se estiver correta, vair capaz de derrotar a criatura.

Você agradece aos goblins pela informação e promete fazer o que puder para destruir a serpente. Vá para **295**.

411

Reduza 4 pontos de ENERGIA. Você lança sua magia e cria uma bola de fogo na palma da sua mão, arremessando-a contra a serpente. A criatura sibila quando seu projétil é rebatido por ela, sem causar qualquer dano. De fato, você acaba tendo de pular para o lado para evitá-lo! Você

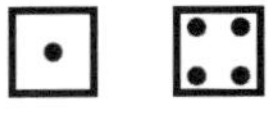

vai, agora, sacar sua arma e subir a árvore (vá para **42**), escolher outro meio de ataque (vá para **197**), ou deixar a criatura em paz e seguir seu caminho (vá para **306**)?

412

Reduza 5 pontos de ENERGIA. Essa magia não existe. Volte para **189** e escolha novamente.

413

Reduza 2 pontos de ENERGIA. Você lança sua magia e agora está protegido de mágica. Infelizmente, a Serpente da Lua ataca sem se valer de magia, e o golpeia. Reduza outros 2 pontos de ENERGIA e vá para **45**.

414

Reduza 1 ponto de ENERGIA. Você tem cera de abelha? Caso contrário, não pode usar essa magia e, percebendo sua confusão, a serpente ataca — reduza 3 pontos de ENERGIA e vá para **172**. Se tiver cera de abelha, esfregue-a em sua arma e lance a magia. Agora vá para **172**. Como a serpente é feita de água, vão ser 3 pontos de ENERGIA de dano, em vez dos 2 usuais.

415

Reduza 2 pontos de ENERGIA. Você lança sua magia e cria seis imagens idênticas de si próprio. O urso para e examina cada uma, tentando decidir qual atacar. Então, faz sua escolha e, para seu horror, escolheu a imagem correta! Saque sua arma e vá para **139**.

416

Reduza 1 ponto de ENERGIA. Você tem uma peruca verde? Caso contrário, a magia não funciona e a raposa o ataca (reduza 2 pontos de ENERGIA, saque sua arma e vá para **256**). Se tiver uma peruca verde, coloque-a na cabeça e use sua magia para se comunicar com a criatura. No entanto, ela não está interessada em conversar, e só pensa em comida. Ela o vê como sua próxima refeição! Saque sua arma e vá para **256**.

417

Reduza 2 pontos de ENERGIA. Você lança sua magia e cria uma barreira mágica à sua frente que nada pode penetrar. Porém, suas suspeitas eram infundadas. Nada que possa tornar sua muralha útil acontece. Volte para **272** e escolha sua próxima ação.

418

Reduza 5 pontos de ENERGIA. Essa magia não existe. Vá para **236**.

419

Reduza 1 ponto de ENERGIA. Você tem um espelho de ouro? Se não tiver, não pode usar essa magia. No entanto, mesmo se tiver este espelho, você fica horrorizado ao perceber que a Serpente do Ar rodopiando à sua frente não tem reflexo! Vá para **395**.

420

Reduza 1 ponto de ENERGIA. Você tem uma máscara negra? Caso contrário, sua magia não funciona — o klattaman o golpeia com sua clava (reduza 2 pontos de ENERGIA) como um desafio e vá para **280** para enfrentá-lo. Se tiver uma máscara negra, você a segura diante de seu rosto quando lançar a magia. O klattaman grandalhão começa a parecer preocupado. Instantes depois, parece estar morrendo de medo! Ele se vira e foge, entre vaias e zombarias dos outros, sumindo para uma das cabanas. As pessoas em volta o olham, desconfiadas, e você decide que é melhor sair dali. Vá para **173**.

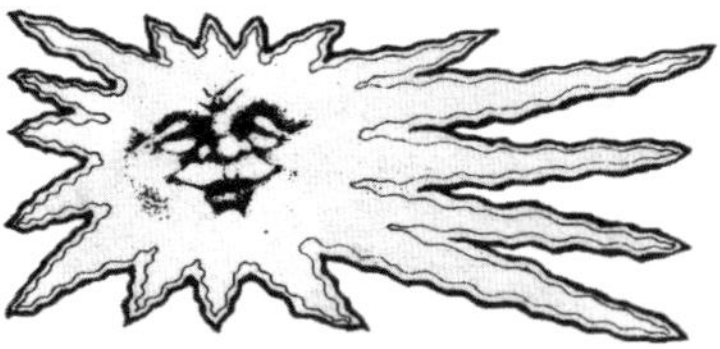

421

Reduza 1 ponto de ENERGIA. Você tem uma peruca verde? Caso contrário, não pode lançar essa magia — volte para **97** e escolha outro caminho. Se tiver uma peruca verde, você a põe na cabeça e espera que a magia faça efeito. Então, tenta falar com esta estranha coisa. Nada acontece. Volte para **97** e tente novamente.

422

Reduza 2 pontos de ENERGIA. Você lança sua magia em um dos centauros. Ele olha para seu arco e o deixa cair. Os outros dois encaram seu companheiro, que agora está observando o nada. Você aproveita a chance para atacar.

	Habilidade	Energia
Primeiro CENTAURO	1	7
Segundo CENTAURO	7	6
Terceiro CENTAURO	7	8

Enfrente os centauros um por vez, na ordem reversa. Quando tiver matado os dois primeiros, pode permitir que o último se renda se quiser. Se o fizer, vá para **35**. Se quiser acabar com todos, vá para **154**.

423

Reduza 1 ponto de Energia. Você tem um orbe de cristal? Caso contrário, sua magia não funciona e os snattacats o atacam, causando 3 pontos de Energia de dano — vá para **74**. Se tiver um orbe de cristal, erga-o e lance sua magia nele. Dentro da esfera, é possível distinguir formas que você acaba reconhecendo como você mesmo e alguns snattacats se aproximando! Através dela, você pode saber com antecedência por onde as criaturas estão vindo e, com essas informações, consegue evitá-las e continuar com segurança. Vá para **271**.

424

Reduza 2 pontos de Energia. Você espera, apreensivo, enquanto a magia faz efeito. A aparição da morte à sua frente não é bem uma armadilha, e sim uma ilusão. Mas você tem um forte pressentimento de um perigo iminente envolvendo algum tipo de réptil. Você pode desafiar a criatura à sua frente com uma arma normal. Vá para **32**.

425

Reduza 1 ponto de Energia. Você tem um solidéu? Caso contrário, não pode usar essa magia. Se tiver um solidéu, coloque-o na cabeça, lance sua magia e espere qualquer indicação que a magia possa dar sobre este lugar. Você não recebe mensagens psíquicas. Vá para **171** e escolha novamente.

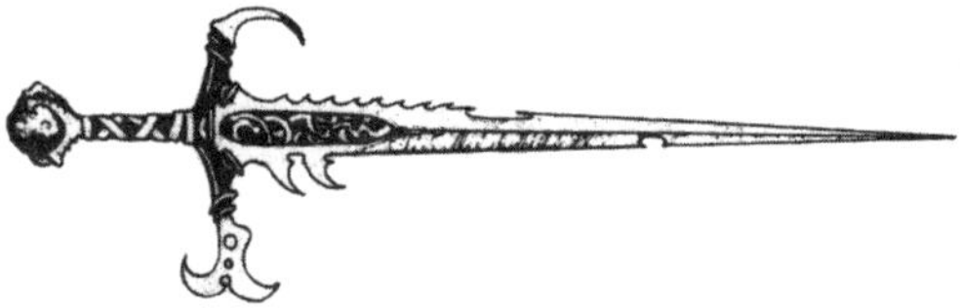

426

Reduza 4 pontos de ENERGIA. Você lança a magia bem a tempo, criando uma barreira sólida e invisível entre você e os peixes que atacam. Os peixes-voadores batem em sua muralha e caem de volta na água, incapazes de atacá-lo. Vá para **75**.

427

Reduza 1 ponto de ENERGIA. Você não pode usar essa magia por não ter o pó amarelo de que precisa. Enquanto isso, o encantador de serpentes estava tocando. Vá para **248**.

428

Reduza 1 ponto de ENERGIA. Você tem uma corneta dos ventos? Caso contrário, não pode usar essa magia e muitas pedras caem à sua volta, causando 2 pontos de ENERGIA de dano — vá para **30**. Se tiver a corneta dos ventos, use a magia para criar um vento com o qual espera soprar as pedras que caem para longe de você. Porém, o vento só sopra em uma direção e não tem muita utilidade aqui. Vá para **30**.

429

Reduza 4 pontos de ENERGIA. Você lança sua magia e uma barreira invisível se forma ao seu redor. Pedras se espatifam contra sua muralha de proteção. Pedras maiores fazem com que ela trema, mas ela aguenta. Algum tempo depois, o efeito da magia acaba. Vá para **9**.

430

Reduza 4 pontos de ENERGIA. Os pássaros preparam para atacá-lo quando você lança sua magia. Porém, quando ela os afeta, eles param no ar como se esperassem algum comando. Você lhes ordena que voem para o sul. Eles dão a volta no céu e começam a voar de volta para a cidade. Porém, logo param, pois a magia para de fazer efeito. Então, voltam para atacar. Vá para **314**.

431

Reduza 1 ponto de ENERGIA. Você tem pó de pedra? Caso contrário, tenta desesperadamente petrificar os snattacats, mas sua magia não funciona — reduza 3 pontos de ENERGIA quando um o ataca, saque sua arma e vá para **99**. Se tiver pó de pedra, tente imobilizar três dos snattacats

que o atacam. *Teste sua sorte*. Se for *sortudo*, sua tentativa é bem-sucedida: as três criaturas invisíveis se transformam em estátuas de pedra, deixando somente a quarta para enfrentar. Se for *azarado*, só vai conseguir atingir uma das criaturas, deixando três para enfrentar. Saque sua arma e vá para **99**.

432

Reduza 1 ponto de ENERGIA. Você não pode usar essa magia por não ter o pêndulo de bronze necessário para lançá-la. Você segue o velho elfo para a caravana. Vá para **151**.

433

Reduza 1 ponto de ENERGIA. Você não pode usar essa magia por não ter o cajado de muda de carvalho de que precisa para lançá-la. Enquanto você tenta fazê-la funcionar, a aparição da morte o golpeia com seus longos dedos. Ela acerta seu rosto, infligindo 2 pontos de ENERGIA de dano. Você rapidamente saca sua arma. Vá para **32**.

434

Reduza 1 ponto de ENERGIA. Você lança sua magia e um cheiro horrível e podre enche o ar ao seu redor, indo até a criatura. Você tem um par de tampões de nariz? Caso contrário, o fedor o domina e você perde 3 pontos de ENERGIA pela náusea. Se tiver tampões de nariz, coloque-os para evitar passar mal. Mas o cheiro não afeta a serpente que está na árvore. Volte para **123** e escolha novamente.

435

Você cruzou as Baklands e derrotou seis das servas do Arquimago — um feito realmente digno de um campeão de Analand. Mas a última serpente, invicta, agora está indo rápido para seu mestre e vai chegar a Mampang à sua frente para avisá-lo de sua missão. Ainda assim, seu sucesso até aqui o encheu de confiança. Restaure suas pontuações de ENERGIA e HABILIDADE para seus níveis *iniciais*. Se a única serpente que permanece invicta for a Serpente do Sol, vá para **458**. Caso contrário, vá para **498**.

436

Reduza 1 ponto de ENERGIA. Você tem uma moeda? Se não, a magia não vai funcionar. Se sim, coloque-a no pulso e lance a magia. A moeda vai se transformar em um escudo invisível. Vá para **172**. Se enfrentar a serpente, seu escudo lhe permite reduzir 2 pontos da *força de ataque* da criatura.

437

Reduza 4 pontos de ENERGIA. Você lança sua magia e o urso para sob seu comando. Você lhe ordena que se vire e vá embora, e ele o faz. Vá para **20**.

438

Reduza 1 ponto de ENERGIA. Você tem um orbe de cristal? Caso contrário, vai precisar voltar para **115** e escolher novamente. Se tiver um orbe de cristal, sua magia vai fazer efeito. O orbe começa a brilhar em cores e, quando elas vão sumindo, dá para ver um penhasco rochoso. É a área onde você está! Mas as rachaduras no solo estão se fechando e a chuva de pedras está parando. A área está voltando ao normal. Mas o que isso significa? Essa informação não pode ajudá-lo no momento. Volte para **115** e escolha outro caminho.

439

Reduza 1 ponto de ENERGIA. Você tem um bracelete de osso? Caso contrário, não pode usar essa magia e, enquanto tenta fazê-la funcionar, as criaturas atacam — reduza 2 pontos de ENERGIA e vá para **188**. Se tiver um bracelete de osso, você o põe no pulso e lança sua magia. Diante dos olhos deles, você se transforma em um grande demônio com chifres, soltando fumaça e chamas de suas ventas. Você estava certo. Essas criaturas primitivas são muito supersticiosas e entenderam sua transformação como um sinal de que seus deuses estão desgostosos com elas. Você ordena que entreguem suas posses e que vão embora. Aterrorizadas, elas fazem o que você pede. Vá para **251**.

440

Reduza 2 pontos de ENERGIA. O besouro interrompe o ataque quando você lança sua magia e cresce diante dele. Você agora pode atacar com o dobro de sua HABILIDADE normal. Vá para **286** e resolva seu combate.

441

Reduza 1 ponto de ENERGIA. Você tem poções medicinais ou suco de mirtiolate? Caso contrário, a magia não funciona. Se tiver algum desses, utilize em si mesmo ou se ofereça para ministrá-las ao barqueiro. Se usar em si mesmo, pode restaurar sua ENERGIA ao nível inicial e então voltar para **49** para escolher sua próxima ação. Se oferecer ao barqueiro, ele vai concordar em levá-lo pelo lago de graça — vá para **110**.

442

Utilizando sua magia, você penetra a mente do velho elfo. Fica claro que ele está lhe levando para uma armadilha se o seguir. Mas dá para perceber que são comerciantes e têm muito interesse em peças de ouro. Você vai lhe dizer que tem mais interesse em comprar provisões (vá para **215**) ou que também é comerciante e gostaria de ver o que têm a oferecer (vá para **315**)?

443

Reduza 1 ponto de ENERGIA. Você tem um pêndulo de bronze? Caso contrário, sua magia não funciona e a serpente o ataca, causando 3 pontos de ENERGIA de dano; você então vai precisar sacar sua arma (vá para **54**). Se tiver um pêndulo de bronze, você começa a balançá-lo, com sua magia concentrando a atenção da serpente na esfera de metal. Infelizmente, porém, essa magia não é poderosa o bastante para vencer o poder da grande serpente, que golpeia o pêndulo de sua mão (e ele agora se perdeu) e o ataca. Vai ser preciso sacar sua espada. Vá para **54**.

444

Com três serpentes derrotadas, você tem motivos para se sentir satisfeito com sua valente tentativa de impedi-las de avisar o mestre delas sobre sua chegada. Porém, seus esforços não bastaram e o Arquimago vai fazer planos para lhe dar boas-vindas muito especiais. Assim sendo, reduza 1 ponto de HABILIDADE. Agora, vá para **498**.

445

Reduza 2 pontos de ENERGIA. Você lança sua magia e espera fazer efeito. Enquanto isso, outra flecha é disparada em sua direção. Role um dado. De 1 a 3 indica um acerto, com 2 pontos de ENERGIA de dano. Os inimigos preparam os arcos novamente. Sua magia é inútil nesta situação! É melhor atacá-los rápido com sua arma. Vá para **70**.

446

Reduza 2 pontos de ENERGIA. Quando você lança a magia, uma voz interna lhe diz para ter cuidado com este enigma à sua frente, pois é perigoso e não tem nada a lhe oferecer. Você vai estar seguro enquanto mantiver a distância, mas não deve chegar muito perto. Vá para **157**.

447

Reduza 2 pontos de ENERGIA. Você lança sua magia. Porém nada acontece! Não é possível usar essa magia ao ar livre e, quando você tenta fazê-la funcionar, é apedrejado. Reduza 1 ponto de ENERGIA e vá para **30**.

448

Reduza 1 ponto de ENERGIA. Você tem um cajado de muda de carvalho? Caso contrário, sua magia não funciona; vá para **305**. Se tiver esse cajado, lance a magia no arbusto estrangulador para mantê-lo preso enquanto dá seu jeito de se livrar. Vá para **106**.

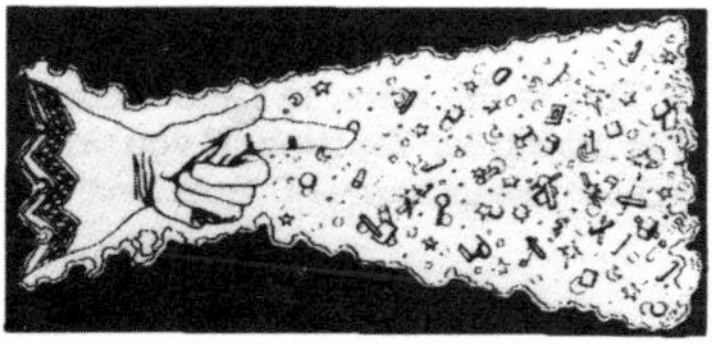

449

Reduza 1 ponto de ENERGIA. Você tem uma poção de água de fogo? Caso contrário, a magia não faz nada e os peixes atacam (causando 2 pontos de ENERGIA de dano) enquanto você tenta fazê-la funcionar — vá para **291**. Se tiver uma poção de água de fogo, beba-a e lance a magia. Você imediatamente sente um fluxo de força enchendo seu corpo, com a ENERGIA recheando seus músculos. Porém, há tantos peixes que sua força extra não vai ser muito útil aqui. Vá para **291** e resolva seu combate.

450

Reduza 1 ponto de ENERGIA. Você não pode usar essa magia por não ter o orbe de cristal de que precisa para lançá-la. Enquanto você tenta fazê-la funcionar, a música dele o alcança. Vá para **248**.

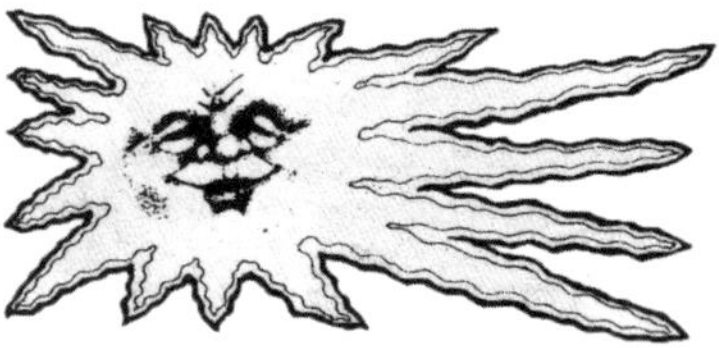

451

Reduza 1 ponto de ENERGIA. Você tem um frasco de cola? Se não tiver, essa magia não funciona e você deve reduzir 3 pontos de ENERGIA por causa de um ataque dos snattacats — vá para **74**. Se tiver um frasco de cola, jogue-o no chão e lance sua magia sobre ele. Mas, como os snattacats são invisíveis, vai ser questão de sorte algum deles pisar na cola e ficar preso nela ou não. Vá para **74** e siga as instruções. Mas, você pode, se quiser, *testar sua sorte* aqui. Se for *sortudo*, a cola pega um dos snattacats que atacam e vai prendê-lo, então você deve enfrentar um a menos que o número que rolar. Se for *azarado*, todos os snattacats vão passar incólumes por sua armadilha.

452

Reduza 2 pontos de ENERGIA. Você lança sua magia e espera para ver se algo acontece. A névoa cintilante novamente engolfa a criatura. Quando ela sobe, a aparição da morte se transforma em outro ser, que agora está à sua frente. Um homem calvo e robusto o encara, nervoso, e sorri. A aparição da morte era uma ilusão! Você agora pode enfrentar o homem.

HOMEM CALVO HABILIDADE 6 ENERGIA 9

Se vencer, vá para **143**. Se preferir poupar a vida do homem, vá para **72**.

453

Reduza 2 pontos de ENERGIA. Sua magia seria efetiva contra uma criatura o atacando, mas é inútil contra uma chuva de pedras! Vá para **30**.

454

Reduza 4 pontos de ENERGIA. Sua magia cria um escudo invisível à sua volta que os snattacats não podem atravessar. Você pode seguir ileso pela área, deixando as criaturas para trás. Em um dado momento, a magia se dissipa em uma clareira, onde você pode descansar um pouco. Vá para **20**.

455

Reduza 4 pontos de Energia. Sua magia emite um relâmpago da ponta de seu dedo para o demônio. Mas, como ele é feito de pedra, isso não faz efeito. Volte para **185** e faça outra escolha.

456

Reduza 1 ponto de Energia. Você tem uma máscara negra? Caso contrário, essa magia não funciona e as criaturas vão o atacar enquanto você tenta usá-la — reduza 2 pontos de Energia e vá para **188**. Se tiver uma máscara negra, segure-a diante de seu rosto e lance sua magia. A magia vai criar medo nas mentes das criaturas, o que vai lhe ajudar na batalha que está por vir. Vá para **188** e reduza 2 pontos das rolagens de *força de ataque* das criaturas enquanto elas estão amedrontadas.

457

Reduza 4 pontos de Energia. Você lança sua magia em silêncio e ordena que o klattaman pare. Mas seu plano não funcionou! Essa magia só funciona em criaturas não inteligentes! Saque sua arma e se prepare para a batalha. Vá para **280**.

458

Quer você saiba, quer não, a Serpente do Sol foi capturada e não vai ser capaz de avisar o Arquimago sobre sua missão. Você pode ignorar os bônus concedidos na última referência e, em vez disso, vá para **357**.

459

Você tem dentes de goblin? Se não tiver, não pode lançar essa magia — saque sua arma e vá para **194**. Se tiver dentes de goblin, deixe cair quantos quiser no chão e lance

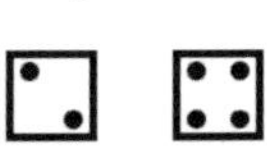

sua magia (reduza 1 ponto de ENERGIA por dente utilizado). Os dentes se transformam em goblins armados que você pode ordenar que ataquem. Seus próprios goblins têm uma HABILIDADE de 5 e uma ENERGIA de 5. Vá para **194** e resolva o combate. Resolva a batalha normalmente com um enfrentando um na medida do possível, mas quaisquer goblins-do-pântano restantes vão atacar você, e não os goblins que criou.

460

Reduza 4 pontos de ENERGIA. Você lança sua magia e aponta um dedo para a criatura, emitindo um raio na direção dela. Porém, como ela está entre os galhos da árvore, não consegue atingi-la diretamente e seu relâmpago é absorvido por um desses galhos. Volte para **123** e escolha outra opção.

461

Reduza 1 ponto de ENERGIA. Você tem uma peruca verde? Caso contrário, essa magia não funciona — saque sua arma e vá para **52**. Se tiver uma peruca verde, coloque-a na cabeça e lance sua magia. Você chama a cobrinha e ela para, olhando na sua direção. "Grande besta com duas pernas", ela sibila. "Me acordou. Fique longe. Eu mordo." Você explica que não quer lhe fazer mal. "Me deixe", ela ordena. Você vai deixá-la em paz, lutar com ela ou lançar outra magia? Volte para **23** e escolha novamente.

462

Reduza 4 pontos de ENERGIA. Você prepara sua magia e a lança cuidadosamente, já que está se expondo ao que poderia ser uma situação perigosa. Você mira seu raio bem perto de si, esperando que o relâmpago quebre o solo. Seu plano funciona! Sua perna está livre. Vá para **307**.

463

Reduza 1 ponto de ENERGIA. Você não pode lançar essa magia, pois não tem o cajado de muda de carvalho de que precisa. Enquanto espera que algo aconteça, dois dos falcões-noturnos mergulham em sua direção e rasgam sua carne com seus bicos afiados. Reduza 2 pontos de ENERGIA e vá para **258**.

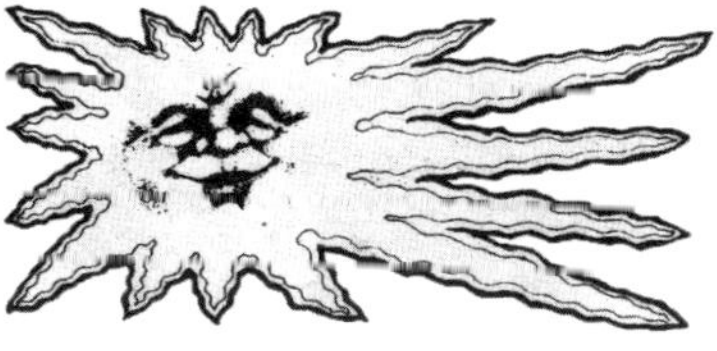

464

Reduza 2 pontos de ENERGIA. Essa magia funcionaria, mas não serve aqui, já que a Serpente do Ar que você está enfrentando não carrega armas. Vá para **395**.

465

Reduza 1 ponto de ENERGIA. Você tem poções medicinais ou suco de mirtiolate? Caso contrário, a magia não funciona — volte para **272** e escolha outro caminho. Se tiver qualquer um desses, lance a magia e tome uma dose da poção. Dentro de instantes você começa a se sentir revitalizado, com o efeito da magia de cura. Restaure sua ENERGIA ao seu nível inicial. Então volte para **272** e escolha novamente.

466

Reduza 1 ponto de ENERGIA. Você tem pó amarelo? Caso contrário, sua magia não funciona. Se tiver pó amarelo, precisa cheirar um pouco e então pode lançar sua magia. Porém, o arbusto estrangulador está segurando você firme e suas ações, embora mais rápidas do que o normal em vários momentos, não podem desembaraçá-lo. Vá para **305**.

467

Reduza 1 ponto de ENERGIA. Você tem um orbe de cristal? Se não tiver, não pode usar essa magia e deve sacar sua arma — mas os snattacats vão atacar imediatamente (reduza 3 pontos de ENERGIA e vá para **99**). Se tiver um orbe de cristal, use sua magia para ler o futuro. Olhando o orbe, você consegue se ver com os snattacats e, assim, saber de onde estão vindo. Utilizando essa informação, é fácil evitar as criaturas. Vá para **41**.

468

Reduza 2 pontos de ENERGIA. Você lança sua magia. Mas nada acontece! Essa magia não pode ser lançada ao ar livre e, portanto, é inútil aqui. Enquanto isto, a raposa salta sobre você e o ataca: reduza 2 pontos de ENERGIA. Agora deve sacar sua arma e desafiá-la. Vá para **256**.

469

Reduza 2 pontos de ENERGIA. Você lança sua magia e a porta abre. Vá para **265**.

470

Reduza 1 ponto de ENERGIA. Você não pode usar essa magia, pois não tem o pêndulo de bronze de que precisa para lançá-la. Enquanto tenta em vão fazê-la funcionar, a aparição da morte o arranha com seus dedos ossudos, ferindo seu rosto e infligindo 2 pontos de ENERGIA de dano. É melhor sacar sua arma; vá para **32**.

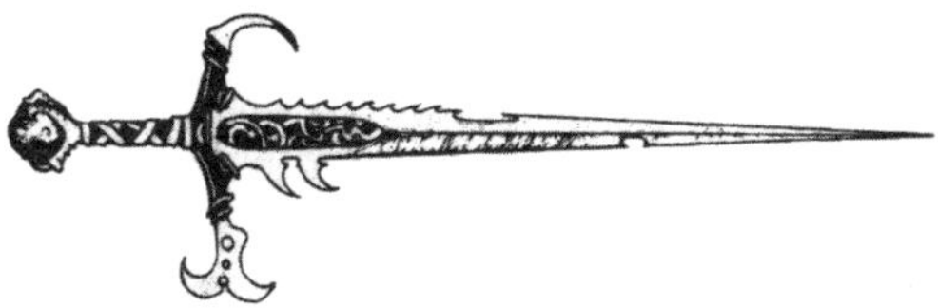

471

Reduza 1 ponto de ENERGIA. Você tem um medalhão cravejado de joias? Caso contrário, não pode usar essa magia e a serpente o ataca, causando 3 pontos de ENERGIA de dano — vá para **54** e a enfrente com sua arma. Se tiver um medalhão cravejado de joias, coloque-o e lance a magia enquanto a serpente golpeia. Você começa a se erguer no ar e, agarrando a serpente, a leva junto consigo. Vá para **127**.

472

Reduza 1 ponto de ENERGIA. Você tem um solidéu de pano? Caso contrário, sua magia não funciona — siga o elfo e vá para **151**. Se tiver um solidéu, vá para **442**.

473

Reduza 1 ponto de ENERGIA. Você tem grãos de areia? Caso contrário, a magia não funciona, e a serpente o ataca enquanto você tenta inutilmente fazê-la dar certo — reduza 3 pontos de ENERGIA e vá para **172**. Se tiver grãos de areia, a magia ainda assim não o ajuda. Como a serpente é feita de água, ela não vai ser presa por areia movediça, mesmo se você encontrar algum jeito de fazê-las entrarem em contato. Você desperdiçou seus grãos de areia. Agora, vá para **172**.

474

Reduza 1 ponto de ENERGIA. Você tem uma corneta dos ventos? Caso contrário, não pode usar essa magia — saque sua arma e suba na árvore (vá para **42**). Se tiver uma corneta dos ventos, lance a magia e use a corneta dos ventos para produzir rajadas de vento poderosas. Você pode enfrentar a Serpente do Fogo com sua arma (vá para **42**) e, se o fizer, vai estar imune a qualquer dano especial causado por seu poder de fogo e pode adicionar 2 pontos de HABILIDADE ao enfrentá-la (mas só durante esta batalha). Ou pode deixar a criatura em paz (vá para **306**).

475

Reduza 1 ponto de ENERGIA. Você tem um dente de gigante? Caso contrário, não pode lançar essa magia e, enquanto tenta fazê-lo, uma das criaturas acerta um golpe em você — reduza 2 pontos de ENERGIA e vá para **188**. Se tiver um dente de gigante, você o arremessa no chão. Está prestes a lançar sua magia quando uma das criaturas o agarra do solo e põe ele no bolso! Ele parece considerar esse dente como um objeto valioso. Saque sua arma e vá para **188**.

476

Reduza 2 pontos de ENERGIA. Você lança sua magia e espera que algo aconteça. Nada ocorre. Sua magia é feita para abrir portas! Nesse meio-tempo, um dos centauros tenta atingi-lo com outra flecha. Role um dado. Uma rolagem de 1 a 3 indica um acerto, causando 2 pontos de ENERGIA de dano. Sua única chance agora é partir para cima deles enquanto eles recarregam os arcos. Vá para **70**.

477

Reduza 1 ponto de ENERGIA. Você tem 1 peça de ouro? Caso contrário, não pode usar essa magia e, enquanto tenta lançá-la, é atingido por pedras que caem, que lhe causam 2 pontos de ENERGIA de dano, e deve ir para **30**. Se tiver 1 peça de ouro, pode lançar sua magia nela para formar um escudo mágico que o protege da chuva de pedras. Vá para **30**, mas, utilizando seu escudo, não vai perder quaisquer pontos de ENERGIA nessa referência.

478

Reduza 2 pontos de ENERGIA. Sua magia cria uma pequena pilha de tesouro, mas o demônio da pedra nem nota essa distração. Em vez disso, ele mira um soco bem no seu peito. Reduza 2 pontos de ENERGIA e volte para **185** para escolher novamente.

479

Você sobreviveu à perigosa jornada pelas Baklands, mas só derrotou duas das servas do Arquimago. As outras cinco serpentes estão agora indo em direção a Mampang para avisá-lo de sua chegada. Assim sendo, reduza 1 ponto de HABILIDADE e 1 ponto de SORTE, pois a próxima etapa de sua jornada vai ser a mais perigosa de todas. Agora, vá para **498**.

480

Reduza 1 ponto de ENERGIA. Você tem uma joia de ouro? Caso contrário, não pode lançar essa magia — volte para **49** e escolha novamente. Se tiver uma joia de ouro, pode colocá-la e lançar a magia. A magia faz efeito e o rosto do barqueiro se suaviza. "Ah, deixa o dinheiro para lá", ele diz. "Não tenho nem onde gastar por aqui. Aguente aí, eu pego o barco. Eu levo você só pela companhia." Vá para **110**.

481

Reduza 1 ponto de ENERGIA. Você tem um cajado de muda de carvalho? Caso contrário, não pode usar essa magia — uma pedra cai, acerta seu braço (reduza 2 pontos de ENERGIA) e você deve ir para **135**. Se tiver um cajado de muda de carvalho, use-o para lançar sua magia. Ela faz efeito e as pedras começam a ficar paradas por obra de sua magia. Vá para **9**.

482

Reduza 2 pontos de ENERGIA. Você lança a magia e seis duplicatas suas aparecem. Você espera que isso confunda a Serpente do Ar que está enfrentando, mas sua ilusão é desperdiçada. Dentro da área estreita do barco, todas as duplicatas devem ficar juntas e é bem simples para a serpente cercar todas. A sua versão real é revelada quando você começa a tossir. Vá para **395**.

483

Reduza 1 ponto de ENERGIA. Você tem areia? Caso contrário, não pode lançar essa magia. Mas, mesmo se tiver, a magia não vai ajudar, já que os falcões-noturnos provavelmente não vão se enfiar em uma poça de areia movediça. Enquanto você se concentra, dois dos pássaros descem do céu e seus bicos afiados ferem sua pele (reduza 2 pontos de ENERGIA). Vá para **258**.

484

Reduza 1 ponto de ENERGIA. Você tem pedrinhas? Caso contrário, não pode lançar essa magia e deve sacar sua arma e enfrentar os goblins (vá para **194**). Se tiver pedrinhas, pode lançar sua magia nelas para transformá-las em projéteis explosivos letais. Como os goblins estão muito perto, não tem como errar. Você pode matar todos e vasculhar seus corpos (vá para **277**).

485

Reduza 2 pontos de ENERGIA. Você lança sua magia e o urso continua a avançar, arranhando-o com uma pata e ferindo seu braço, causando 2 pontos de ENERGIA de dano. Essa magia torna uma criatura desastrada se ela estiver carregando alguma coisa, mas não afeta um urso que o ataca desarmado. Saque sua arma e vá para **139**.

486

Reduza 4 pontos de ENERGIA. Sua magia cria um campo invisível ao seu redor, que nada pode penetrar. Mas esse campo de força não mantém fora o calor da pedra quente perto do seu pé. Vá para **236**.

487

Reduza 2 pontos de ENERGIA. Você lança sua magia e a aparição da morte para e balança a cabeça. Ela o olha com uma cara imbecil e depois olha para o céu. Saque sua arma e ataque. Enquanto ela estiver neste estado de confusão, vai lutar com:

APARIÇÃO DA MORTE HABILIDADE 5 ENERGIA 9

A cada rodada de ataque, role um dado. Uma rolagem de 1 a 4 significa que ela fica confusa durante a próxima rodada de ataque. Uma rolagem de 5 significa que ela volta ao normal (HABILIDADE 9 e ENERGIA 9) na próxima rodada de ataque. Uma rolagem de 6 significa que ela volta ao normal na próxima rodada de ataque e também consegue acertá-lo por pura sorte com seus dedos ossudos, causando 2 pontos extra de ENERGIA de dano. Você pode decidir poupar sua vida (vá para **205** quando tiver reduzido sua ENERGIA a 3 ou menos) ou acabar com ela (vá para **326**).

488

Reduza 4 pontos de ENERGIA. Você lança sua magia e aponta o dedo para a criatura, soltando um poderoso relâmpago contra ela. Esse relâmpago parte da ponta de seu dedo e atinge o besouro, que grita quando é alvejado. Porém, em vez de derrotá-lo, seu ataque apenas o enfurece! Seu corpo resistente e encouraçado não foi ferido — e ele agora quer sangue. Vá para **286** e conduza a batalha, mas, durante a primeira rodada de ataque, adicione 4 pontos à rolagem de *força de ataque* do besouro, pois ele está indo com tudo.

489

Reduza 1 ponto de ENERGIA. Você tem pedrinhas? Caso contrário, pode pegar uma do chão e lançar sua magia nela. A pedrinha agora está carregada e vai explodir no impacto quando a arremessar. Você pode arremessá-la onde quiser. Então volte para **272** e escolha sua próxima ação.

490

Reduza 1 ponto de ENERGIA. Você tem uma peruca verde? Caso contrário, não pode usar essa magia — volte para **97** e tente novamente. Se tiver essa peruca, coloque-a em sua cabeça e lance sua magia. Você tenta conversar com o enigma em turbilhão à sua frente. Mas não recebe respostas. Talvez ele não possa ouvi-lo. Vá para **157**.

491

Reduza 2 pontos de ENERGIA. Embora essa magia funcione contra criaturas menos poderosas, é incapaz de superar a serpente. Volte rápido para **263** e escolha outra magia.

492

Você lança sua magia e olha para o orbe. Pode ver uma caverna subterrânea escura com uma mesa e uma cadeira na qual uma figura humanoide se senta, solitária, olhando para um orbe de cristal similar! Algo gira neste outro orbe, mas você não enxerga quais imagens estão se formando. O que isso pode significar? Volte para **171** e escolha sua próxima ação.

493

Reduza 4 pontos de ENERGIA. Você cria um escudo de proteção ao seu redor. A criatura o golpeia — passando direto por seu escudo invisível! É necessário decidir outro plano rápido. Vá para **172**.

494

Reduza 2 pontos de ENERGIA. Lançando sua magia em uma pedra próxima, ela se transforma em uma pequena pilha de peças de ouro. Você espera os klattaman perceberem. E eles notam o tesouro, mas não dão a mínima! Estão mais interessados na ideia de uma luta do que no ouro diante deles. Sua magia atrasou a luta e o campeão klattaman está irritado. Ele balança sua clava e o golpeia no peito, tirando seu ar. Isso causa 2 pontos de ENERGIA de dano e é melhor você sacar sua arma agora. Vá para **280**.

495

Reduza 1 ponto de ENERGIA. Você não pode lançar essa magia por não ter o pó de pedra de que precisa para fazê-lo. Um dos centauros atira outra flecha em sua direção. Role um dado. Uma rolagem de 1 a 3 é um acerto, e ele lhe causa 2 pontos de ENERGIA de dano. Depois de sua tentativa falha de fazer magia, você deve partir para cima deles com sua arma. Mas rápido! Eles já estão recarregando seus arcos. Vá para **70**.

496

Todas as Sete Serpentes agora estão voando para a fortaleza do Arquimago para avisá-lo de sua chegada. Preparativos vão ser feitos para garantir que você não chegue ao seu objetivo. Embora você tenha sobrevivido à longa jornada por Kakhabad, muitos perigos o esperam em Mampang. Por causa disso, reduza 2 pontos de HABILIDADE, 2 pontos de ENERGIA e 3 pontos de SORTE. Agora, vá para **498**.

497

Reduza 1 ponto de ENERGIA. Você tem cola? Caso contrário, a raposa rosna e salta, derrubando-o e lhe causando 2 pontos de ENERGIA de dano — saque sua arma e vá para **256**. Se tiver um vidro de cola, você a joga no chão em frente à raposa. A criatura se aproxima para cheirar e, quando o faz, você lança sua magia. Assim que o nariz da criatura toca na cola, gruda completamente nela, mantendo-a firme no chão pelo focinho. Você pode continuar sua jornada. Vá para **95**.

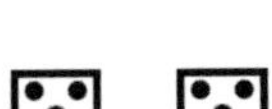

498

Você fica aliviado ao pisar de novo em terra firme. De pé, examina o caminho adiante. À sua frente está a última etapa de sua missão: a subida pelos Picos Zanzunu até a Fortaleza Mampang. Você agora está entrando no que deve ser o Baixo Xamen. O caminho é morro acima, mas os perigos devem ser mínimos, pois as escarpas rochosas do Xamen são habitadas somente por homens-pássaros. Logo a fortaleza deve estar à vista...

Você segue em frente e para cima por várias horas até que a luz começa a diminuir. Com o sol mergulhando no horizonte dos Picos Zanzunu, seus raios finais iluminam uma visão de que você vai se lembrar pelo resto de seus dias.

As sombras do pôr do sol tornam sua primeira visão da fortaleza assustadora. Seus pináculos altos e ângulos agudos lhe dão uma aparência muito intimidadora. Uma coisa é certa: entrar na Fortaleza Mampang vai ser sem dúvida a etapa mais perigosa de sua jornada.

Continua em:

VOLUME 4

MAGIA!

A COROA DOS REIS

MAGIA!

GRIMÓRIO

Regras para Usar Magia

Durante seu treinamento, foram ensinadas a você várias magias que podem o ajudar em sua missão. A lista completa delas está depois destas instruções.

Magias são identificadas por um código de três letras. Ao longo do livro, você vai receber a opção de utilizar magias para solucionar problemas e derrotar oponentes. *As magias são identificadas somente por esses códigos de três letras, então é importante que você memorize pelo menos alguns deles.*

Portanto, antes de começar a utilizar seus poderes mágicos, deve passar algum tempo memorizando magias, assim como um mago verdadeiro faria ao aprender as artes mágicas. Obviamente, você não será capaz de memorizar todas as quarenta e oito magias de uma vez, mas, quanto mais utilizar o livro, mais familiarizado vai ficar com as magias mais úteis.

Tente começar memorizando entre seis e dez magias (as melhores para começar são dadas abaixo) e se valendo de sua habilidade com a espada para enfrentar algumas das criaturas que encontrar. É possível, com um pouco de sorte, concluir sua missão só com essas magias, mas sua tarefa ficará mais fácil se você for capaz de utilizar mais delas.

Algumas magias também exigem o uso de um artefato, como uma joia ou um anel mágico. Se você tentar usar uma magia sem ter o artefato correto, vai estar desperdiçando sua Energia, pois a magia não funcionará.

Cada vez que usar uma magia, seja ou não bem-sucedido, gastará suas reservas de Energia e concentração. Um custo em pontos de Energia está dado para cada magia.

Sempre que utilizar uma magia, deve reduzir esse custo de seu valor de ENERGIA.

Você pode estudar o *Grimório* pelo tempo que quiser antes de embarcar em uma aventura, *mas, quando tiver partido, nunca mais poderá examiná-lo e deverá se valer apenas de sua memória até que a aventura acabe.* Da mesma forma, você não pode anotar as magias para conferi-las. Em uma situação real na qual possa ser surpreendido por uma criatura, você não teria tempo para folhear seu *Grimório* a fim de determinar qual é a melhor para lançar!

As seis magias mais úteis

Código	*Efeito*	*Custo em ENERGIA*
ZAP	Cria um relâmpago que sai da ponta dos dedos	4
FOF	Cria um campo de força protetor	4
LAW	Permite controlar criaturas	4
DUM	Torna criaturas muito desastradas	4
HOT	Cria uma bola de fogo que pode ser mirada contra inimigos	4
WAL	Cria uma barreira mágica para se defender de ataques físicos	4

ZAP e HOT são magias ofensivas fortes. FOF e WAL são magias defensivas boas para propósitos variados. E LAW e DUM serão úteis quando você se meter em situações problemáticas.

Observe que essas magias frequentemente serão mais poderosas do que você precisa em uma dada situação — não são baratas em termos de pontos de ENERGIA —, mas são boas e bem balanceadas. Quando conhecer mais magias do *Grimório*, você se tornará capaz de escolher magias mais econômicas e que serão também efetivas contra certos perigos.

Leia mais uma vez a lista e então cubra a coluna "Efeito" com sua mão. Quantas consegue lembrar? Quando tiver decorado todas, poderá começar sua missão.

Dicas sobre o uso de magia

Conforme você for se familiarizando com as magias neste *Grimório*, sua habilidade com as aventuras da série *Magia!* irá melhorar.

Aprender as seis magias básicas permitirá a você que comece a jogar no menor tempo possível. Essas magias o tirarão da maioria dos problemas, mas são caras (em termos de pontos de ENERGIA) e você frequentemente achará necessário se valer de suas capacidades limitadas com uma espada, em especial, ao enfrentar criaturas mais fracas, a fim de evitar ficar com um valor perigosamente baixo de ENERGIA.

Outras magias são mais econômicas, mas serão dadas como opção com menos frequência, o que forçará mais sua memória e sua capacidade como mago. As magias mais econômicas são as que exigem artefatos mágicos, os quais devem ser encontrados em sua aventura.

Lembre-se de que há penalidades severas por tentar adivinhar magias! Se você escolher uma palavra para uma mágica que não represente uma magia, ou se escolher uma magia para a qual não tenha o artefato necessário, perderá pontos extra de Energia. Em alguns casos, sua punição será a morte!

Por fim, lembre-se de que nem todas as magias serão usadas em sua primeira aventura. Algumas não aparecerão até a segunda, terceira ou quarta aventura. Umas poucas nem sequer são usadas! Conforme você for seguindo ao longo dos livros, suas seis magias básicas serão dadas como opção com menos frequência. As magias estão organizadas *até certo ponto* na ordem de utilidade delas na lista do *Grimório*, mas essa não é uma regra definitiva. Um mago adepto deve ser capaz de concluir a primeira aventura sem muita dificuldade, mas as coisas ficam cada vez mais difíceis nos livros seguintes.

Você logo começará a fazer suas descobertas sobre as magias propriamente ditas. Há uma certa lógica na forma como estão organizadas e nas opções dadas e até nos códigos, mas essas descobertas você irá precisar fazer por sua conta. A experiência lhe tornará mais hábil com a magia. Tudo isso é parte das artes mágicas.

MAGIA!

ZAP

Uma arma muito poderosa, essa magia cria um relâmpago que sai da mão do conjurador, a qual deve estar apontada na direção desejada. É efetiva contra quase todas as criaturas vivas sem defesas mágicas, mas requer muita força e concentração para utilizar.

Custo: 4 pontos de ENERGIA

HOT

O conjurador pode direcionar essa magia com suas mãos em qualquer direção desejada. Quando ela é lançada, uma bola flamejante sai das mãos para seu alvo. Ela é efetiva contra qualquer criatura, mágica ou não, a menos que a criatura em questão não possa ser ferida por fogo. A bola de fogo criada dessa forma causa queimaduras sérias no impacto, mas se extingue logo após atingir seu alvo.

Custo: 4 pontos de ENERGIA

FÓF

Essa poderosa magia cria uma barreira mágica e física na frente do conjurador, capaz de manter fora dela todos os intrusos físicos e a maioria dos mágicos. Sua criação exige muita concentração mental, mas o campo de força resultante é extremamente forte e está sob o controle do criador, que pode permitir que ela seja atravessada em um sentido ou posicioná-la conforme desejar.

Custo: 4 pontos de ENERGIA

WAL

Quando essa magia é lançada, ela cria uma parede invisível na frente do conjurador. Essa parede é imune a todos os projéteis, criaturas, etc. Essa é uma magia defensiva muito útil.

Custo: 4 pontos de ENERGIA

LAW

Lançar essa magia em uma criatura agressora permite ao conjurador tomar o controle da vontade da criatura em questão. O ataque irá parar e a criatura imediatamente ficará sob o controle do conjurador. Porém, essa magia funciona somente em criaturas não inteligentes e só dura um curto período de tempo.

Custo: 4 pontos de ENERGIA

DUM

Lançar essa magia em uma criatura que esteja segurando algum objeto (por exemplo, uma arma) irá tornar a criatura desastrada e sem coordenação. Ela irá deixar o objeto cair, tentará pegá-lo e deixará cair de novo — ou seja, a criatura provavelmente não conseguirá causar qualquer dano ao conjurador com algum objeto enquanto estiver sob a influência dessa magia.

Custo: 4 pontos de ENERGIA

BIG

Quando essa magia for lançada sobre o próprio corpo do conjurador, ele aumentará até três vezes de tamanho. Isso aumenta a força do conjurador e é especialmente útil contra oponentes grandes, mas deve ser usada com cuidado em lugares fechados.

Custo: 2 pontos de ENERGIA

WOK

Uma moeda de algum tipo é necessária para essa magia. O conjurador põe a moeda no pulso e lança a magia sobre ela. A moeda se afixa magicamente no pulso e age como um escudo invisível de metal, com um círculo de proteção efetivo de pouco menos de um metro. Isso bloqueia todas as armas normais que atingiriam o usuário. Depois, a moeda não é mais utilizável como uma moeda.

Custo: 1 ponto de ENERGIA

DOP

Essa magia pode ser usada para abrir qualquer porta trancada. Ela age diretamente na tranca e a porta poderá ser aberta livremente. Se ela estiver trancada pelo outro lado, o ferrolho se abrirá. Apenas não funciona em portas seladas com magia.
***Custo:* 2 *pontos de* Energia**

RAZ

Para executar essa magia, é preciso ter cera de abelha. Esfregando a cera em qualquer arma com fio (espada, machado, adaga, etc.) e lançando essa magia, a lâmina ficará extremamente afiada e causará o dobro de seu dano normal. Portanto, se, em uma situação normal, infligir 2 pontos de Energia de dano, agora infligirá 4.
***Custo:* 1 *ponto de* Energia**

SUS

Essa magia pode ser lançada quando o conjurador suspeita da presença de algum tipo de armadilha. Lançada, ela indicará telepaticamente a quem a lançou se deve ou não se prevenir contra uma armadilha e, caso precise, a melhor medida de proteção. Se o conjurador estiver preso em uma armadilha, essa magia também pode ser usada para minimizar seus efeitos em certos casos.

Custo: 2 pontos de ENERGIA

SIX

Essa magia é lançada sobre o próprio corpo do conjurador. Seu efeito é a criação de várias imagens dele, todas idênticas e capazes de lançar magias e/ou atacar, embora cada uma vá realizar ações iguais, como se fosse o reflexo de um espelho. A maioria das criaturas que enfrentar essas réplicas será incapaz de determinar qual é a real e lutará contra todas as seis.

Custo: 2 pontos de ENERGIA

JIG

Quando essa magia é lançada, o alvo fica com uma vontade incontrolável de dançar. O conjurador pode fazer com que qualquer criatura dance alegremente tocando uma pequena flauta de bambu. Se essa flauta tiver sido encontrada, a criatura afetada dançará enquanto ela for tocada. Isso dará ao conjurador tempo para escapar — ou ele pode continuar tocando e assistir ao show!

Custo: 1 ponto de Energia

GÓB

Essa magia de criação exige um número qualquer de dentes de goblins. Ela pode ser lançada sobre esses dentes para criar um, dois ou até um exército deles. Esses goblins então cumprirão as ordens do conjurador, enfrentando um inimigo ou realizando quaisquer tarefas que lhes sejam instruídas. Então, desaparecerão assim que essas tarefas tiverem sido realizadas.

Custo: 1 ponto de Energia

YOB

Lançar essa magia exige o dente de um gigante. Quando ela é lançada de maneira correta sobre o dente, um gigante de uns quatro metros de altura será instantaneamente criado. O conjurador tem controle sobre o gigante e pode ordenar que ele enfrente um oponente, realize algum feito de força, etc. O gigante desaparecerá quando seu trabalho estiver terminado.
Custo: 1 ponto de ENERGIA

GUM

Lançar essa magia, junto ao uso de um vidro de cola, fará com que a cola fique muito grudenta e prenda qualquer coisa em menos de um segundo. Com ela, o conjurador será capaz de prender criaturas ao chão ou às paredes, embora seja preciso fazer com que a vítima entre em contato com a cola do vidro. Isso pode ser feito, por exemplo, arremessando-se o vidro aos pés da criatura ou o colocando em cima de uma porta entreaberta para que ele caia quando ela for aberta por completo.
Custo: 1 ponto de ENERGIA

HOW

Essa magia deve ser usada em situações perigosas quando informações sobre o meio de fuga mais seguro são desejadas. Quando ela é lançada, o conjurador sentirá uma inclinação a usar uma saída ou, se um meio de defesa estiver próximo, será direcionado até esse meio por uma estranha força psíquica.
Custo: 2 pontos de ENERGIA

DOC

Poções medicinais carregadas e utilizadas pelo conjurador irão, por essa magia, ter seus efeitos aumentados de forma que curem qualquer humano ou criatura que as beba. As poções podem ser usadas no conjurador — com a magia sendo lançada enquanto a poção é ministrada —, mas não irão trazer de volta à vida um ser que tenha morrido.
Custo: 1 ponto de ENERGIA

DOZ

Essa magia pode ser lançada sobre qualquer criatura, reduzindo seus movimentos e reações a cerca de um sexto de sua velocidade normal. Assim, a criatura parece se mover como se sonhasse, tornando muito mais simples a tarefa de fugir dela ou derrotá-la.

Custo: 2 pontos de ENERGIA

DUD

Lançando essa magia, o conjurador pode criar uma ilusão de tesouro sob muitas formas. Peças de ouro, moedas de prata, gemas e joias podem ser criadas à vontade e utilizadas para distrair, pagar ou subornar criaturas. As riquezas ilusórias desaparecerão assim que o conjurador sair da vista.

Custo: 2 pontos de ENERGIA

MAG

Essa magia protege seu usuário da maioria das outras magias. Deve ser lançada rapidamente, antes que a magia agressora faça efeito. Ela funciona neutralizando a magia ofensiva, a qual se dispersa sem qualquer dano. Essa magia, portanto, é uma ferramenta de proteção muito útil, mas não funciona contra todas as magias.
***Custo:* 2 *pontos de* ENERGIA**

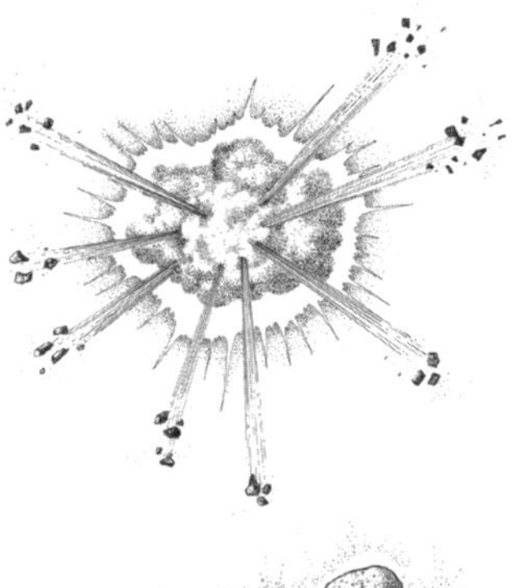

POP

Uma magiazinha bem potente, mas que exige muita concentração mental, deve ser lançada sobre pedrinhas. Uma vez carregadas com energia mágica, elas podem ser arremessadas e explodirão no impacto. Além de serem perigosas para qualquer coisa ao alcance da explosão, as pedrinhas fazem um barulho alto quando explodem.
***Custo:* 1 *ponto de* ENERGIA**

FAL

Essa magia é muito útil se o conjurador for pego em um alçapão ou cair de uma altura considerável. Quando ela é lançada, o corpo do conjurador fica tão leve quanto uma pena e ele flutuará pelo ar e aterrissará gentilmente no solo.

Custo: 2 pontos de ENERGIA

DIM

Essa é uma boa magia defensiva que pode ser lançada sobre qualquer criatura que esteja atacando o conjurador. Seu efeito é confundir a mente da vítima temporariamente. Porém, ela deve ser usada com cuidado, pois uma criatura confusa pode agir de forma irracional e imprevisível.

Custo: 2 pontos de ENERGIA

FOG

Essa magia só pode ser lançada em um cômodo fechado e sem janelas. Uma vez lançada, o cômodo fica completamente escuro aos olhos de todos, menos aos do conjurador — mesmo se houver tochas e velas acesas. A magia cega quaisquer criaturas no cômodo. Seus efeitos são somente temporários.
Custo: 2 pontos de ENERGIA

MUD

Quando essa magia é lançada, o conjurador deve salpicar grãos de areia onde desejar no chão (por exemplo, na frente de uma criatura). A magia faz efeito sobre a areia e o chão, criando um poço de areia movediça. Qualquer criatura que pise nessa areia irá lentamente ser engolida por ela.
Custo: 1 ponto de ENERGIA

NIF

Quando essa magia é lançada, o ar em torno do conjurador se enche com um fedor nauseabundo. O cheiro é tão horrível que faz com que qualquer criatura que o sinta vomite violentamente. Isso, portanto, enfraquecerá qualquer um ali com olfato, e isso inclui o próprio conjurador, a menos que ele esteja usando um par de tampões de nariz. O efeito será mais intenso em criaturas com nariz grande.

Custo: 1 ponto de ENERGIA

TEL

Para ativar essa magia, o conjurador deve usar um solidéu de pano. Com a ajuda do chapéu, a magia permitirá ao usuário ler a mente de qualquer criatura inteligente encontrada, aprendendo sobre suas forças, fraquezas, o conteúdo de salas próximas, etc.

Custo: 1 ponto de ENERGIA

GAK

Para utilizar essa magia, o conjurador deve possuir uma máscara negra, a qual deve ser usada enquanto a magia é lançada. Ela pode ser lançada diretamente sobre um oponente e tem o efeito de criar um terrível medo em sua mente. Criaturas corajosas serão menos afetadas do que as covardes e, portanto, o efeito varia de um suor frio e perda de coragem à criatura se ver encolhida, tremendo de pavor no canto de uma sala.
Custo: 1 ponto de Energia

SAP

O efeito dessa magia, que só é útil em combate, é desmoralizar um oponente de forma que sua vontade de vencer se perca. Qualquer criatura desmoralizada dessa forma será mais fácil de derrotar — embora a vitória ainda não seja uma certeza.
Custo: 2 pontos de Energia

GÓD

Essa magia é uma forma de ilusão que só pode ser realizada se o conjurador estiver usando uma joia de ouro. Quando essa magia é lançada, quaisquer criaturas ou humanos próximos passarão a gostar do conjurador de imediato. Isso não significa que não lutarão, se isso for dever deles, mas será mais provável que forneçam informações que normalmente não forneceriam. Eles podem até ajudar o conjurador, mesmo sendo normalmente hostis.

Custo: 1 ponto de ENERGIA

KIN

Essa magia de criação é útil em batalhas. Ela requer o uso de um espelho de ouro, que deve ser apontado contra uma criatura quando a magia é lançada. Ela cria uma réplica exata de qualquer criatura sendo enfrentada, e esta cópia está sob o controle do conjurador, que pode instruí-la a lutar contra a criatura original. Ambas lutarão com as mesmas forças e fraquezas, de forma que apenas a SORTE separará seus destinos. A cópia desaparecerá caso seja derrotada ou a criatura original morrer.

Custo: 1 ponto de ENERGIA

PEP

Uma poção de água de fogo deve ser tomada pelo conjurador para que essa magia seja usada. Ela melhorará os efeitos da água de fogo para dar ao conjurador o dobro ou o triplo de sua força normal. Embora os efeitos sejam temporários, eles geralmente bastarão para ajudar em batalha ou para realizar algum feito de superforça.

Custo: 1 ponto de Energia

RÓK

Pó de pedra especial é necessário para essa magia. O pó deve ser jogado em uma criatura enquanto a magia é lançada. Dentro de segundos, a vítima começará a se petrificar. Enquanto seus movimentos ficam mais lentos e, por fim, cessam, ela começará a ficar cinza. Alguns momentos depois que a magia for lançada, a criatura terá se solidificado em uma estátua de pedra cinzenta.

Custo: 1 ponto de Energia

SUN

Essa magia só pode ser lançada sobre a joia do sol amarela. Uma vez lançada, a joia começa a brilhar intensamente. A força de sua luz está sob o controle do conjurador, que pode aumentar seu brilho, para cegar criaturas agressoras, ou apenas gerar luz o bastante para funcionar como uma tocha para enxergar em cômodos escuros.
Custo: 1 ponto de ENERGIA

YAP

Essa magia permite ao conjurador entender os idiomas de, e se comunicar com, a maioria dos animais. Ela só será efetiva se o conjurador estiver usando uma peruca verde.
Custo: 1 ponto de ENERGIA

KID

Para lançar essa magia, o conjurador deve estar usando um bracelete de osso. Quando a magia é lançada, o conjurador deve se concentrar em uma ilusão em particular (por exemplo, de que o chão é feito de carvões em brasa, de que o conjurador se transformou em um demônio, etc.) e essa ilusão parecerá real aos olhos da vítima que ele pretende enganar. Isso pode lhe dar tempo para fugir ou baixar a guarda de uma criatura. Essa magia não funciona em criaturas não inteligentes.
Se o conjurador agir de forma a destruir a ilusão (por exemplo, virar um rato e então golpear a criatura com uma espada), o efeito será imediatamente perdido.
Custo: 1 ponto de ENERGIA

RAP

Para usar essa magia, o conjurador deve estar usando uma peruca verde. Junto à peruca, a magia permitirá ao conjurador entender o idioma de, e se comunicar com, criaturas que falem um idioma não humano (por exemplo, goblins, orcs, etc).
Custo: 1 ponto de ENERGIA

ZIP

Um auxílio inestimável em uma batalha renhida, essa magia só é utilizável quando o conjurador estiver usando um anel de metal verde, com o metal tendo sido obtido na mineração da Montanha Craggen. Quando a magia é lançada nesse anel, ela permite ao usuário desaparecer e reaparecer a uma pequena distância. O transporte pode atravessar alguns materiais menos densos, como madeira e barro, mas é bloqueado por pedra, metal e coisas parecidas. Porém, é uma magia pouco confiável e, ocasionalmente, tem resultados desastrosos.

Custo: 1 ponto de **ENERGIA**

FAR

Em conjunto com um orbe de cristal, essa magia permite ao seu conjurador enxergar, com algumas limitações, o futuro. O orbe deve ser segurado nas mãos e a magia é recitada enquanto o conjurador se concentra nele. O controle sobre exatamente o que será visto é muito limitado, mas a tendência normal é a de ver eventos no futuro próximo.

Custo: 1 ponto de **ENERGIA**

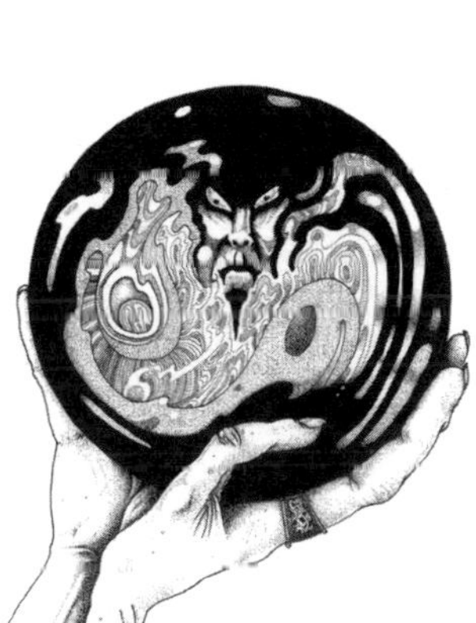

RES

Quando lançado em uma criatura humana ou humanoide morta (ou seja, uma criatura com dois braços, duas pernas, cabeça, etc.) enquanto água abençoada é salpicada sobre o corpo, essa magia a devolve à vida. A ressurreição leva algum tempo para funcionar — o corpo não fica, simplesmente, de pé na hora — e o ex-cadáver pode ser morto de novo. Por algum tempo após essa magia funcionar, a criatura ressuscitada fica zonza e com a mente enfraquecida, mas pode responder a perguntas que o conjurador lhe fizer.

***Custo:* 1 *ponto de* ENERGIA**

HUF

Para lançar essa magia, o conjurador deve possuir a corneta dos ventos, um instrumento que parece um trompete e que toca uma nota dissonante. A magia é lançada na corneta e ela é soprada em uma direção particular. Quando a magia faz efeito, um tremendo vento parte da corneta. Esse vento é capaz de derrubar criaturas de tamanho humano ou pode ser usado para soprar coisas de cima de estantes, por cima de barrancos, etc.

***Custo:* 1 *ponto de* ENERGIA**

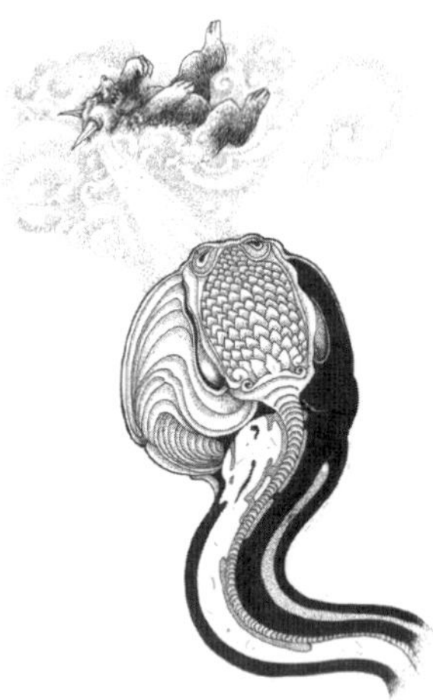

FIX

Aplicável a objetos animados e inanimados, essa magia tem o efeito de prender um oponente ou objeto onde está, deixando-o incapaz de se mover até se estiver no ar. Para lançar essa magia, porém, o conjurador deve estar segurando um cajado de muda de carvalho. Qualquer coisa mantida presa por essa magia ficará congelada até que o conjurador saia da área próxima.
Custo: 1 ponto de ENERGIA

NAP

Efetiva somente contra criaturas vivas, essa magia faz com que elas fiquem sonolentas e, dentro de alguns segundos, caiam em um profundo sono. Ela é utilizada em conjunto com um pêndulo de bronze. A magia concentra a atenção da criatura no pêndulo, o qual o conjurador deve balançar suavemente para um lado e para o outro diante da criatura, a fim de hipnotizá-la.
Custo: 1 ponto de ENERGIA

ZEN

Para lançar essa magia, o conjurador deve usar um medalhão cravejado de gemas preciosas no pescoço. Lançar essa magia então permitirá ao usuário flutuar no ar a qualquer altura desejada. Um mago que paire dessa forma permanecerá suspenso enquanto quiser e pode flutuar por aí à vontade.

Custo: 1 ponto de ENERGIA

YAZ

Essa magia não funcionará a menos que o conjurador esteja usando um bonito anel de pérola. Lançar a magia ao usar esse anel torna o corpo do conjurador invisível para qualquer criatura com inteligência mediana. Ele pode ser usado para dar consideráveis vantagens em batalha ou para escapar de uma situação perigosa. Qualquer criatura com ouvidos será capaz de escutar o conjurador enquanto ele anda pelo cômodo. Criaturas menos inteligentes serão apenas parcialmente convencidas, pois essa é uma forma de magia de ilusão.

Custo: 1 ponto de ENERGIA

NIP

O conjurador deve lançar essa magia em seu próprio corpo. Sob a influência dessa magia, o conjurador se torna extremamente veloz e pode correr, falar, pensar ou lutar numa velocidade equivalente a três vezes o normal. Porém, ela só fará efeito se o conjurador cheirar pó amarelo antes de usar a magia.
Custo: 1 ponto de ENERGIA

ZED

Lançar essa magia está além das capacidades da maioria dos conjuradores menores, em virtude dos grandes poderes de concentração necessários. Na verdade, em toda a história conhecida, essa magia só foi lançada uma vez. Seu conjurador, um poderoso necromante de Throben, nunca mais foi visto e, portanto, seus efeitos são desconhecidos. As anotações do necromante foram encontradas posteriormente, mas só se pode supor quais são seus efeitos. Basta dizer que essa talvez seja a magia mais formidável conhecida, mas nenhum conjurador vivo conhece seu efeito real.
Custo: 7 pontos de ENERGIA